薈書坊

红柯丝路精品系列

石头与时间

红柯 著

陕西师范大学出版总社

图书代号：WX17N1061

图书在版编目（CIP）数据

石头与时间 / 红柯著. —西安：陕西师范大学出版总社有限公司，2017.10
ISBN 978-7-5613-9507-3

Ⅰ.①石… Ⅱ.①红… Ⅲ.①长篇小说－中国－当代 Ⅳ.①I247.5

中国版本图书馆CIP数据核字（2017）第217903号

石头与时间 SHITOU YU SHIJIAN

红　柯　著

选题策划	刘东风　郭永新
责任编辑	彭　燕
装帧设计	门乃婷工作室
出版发行	陕西师范大学出版总社
	（西安市长安南路199号　邮编：710062）
网　　址	http://www.snupg.com
印　　刷	西安市建明工贸有限责任公司
开　　本	720mm×1020mm　1/16
印　　张	10
插　　页	1
字　　数	104千
版　　次	2017年10月第1版
印　　次	2017年10月第1次印刷
书　　号	ISBN 978-7-5613-9507-3
定　　价	32.00元

读者购书、书店添货或发现印装质量问题，请与本公司营销部联系、调换。
电话：(029) 85307864　85303629　传真：(029) 85303879

眼瞳里跳跃的地平线
不会更远
戈壁滩上
风和阳光击毙时间
我还没有被历史融化
在时间的牙床上
我是一粒沙
一粒沙的嘶叫
我曾想过 像麦子
被捣出醇香
可你没法想象 铁锹
怎样铲磨沙石
总有一天 地平线
拎着骷髅结成的黑项链
走向我

我不遥远
我就看不见遥远的地平线
眼瞳里蜿蜒而去的
是橡皮般的忍耐
挤压心灵
听吧 石头和心的誓言
忍耐——
忍耐——
忍耐——
等待！等待！等待！
没有水的漏斗从古代
就过滤空洞的时间
一双阴郁的眼睛
它看不清时针飞逝的方向
我的笔 在胸口
更画不出准确的坐标
我拥有的唯一举动
是跋涉

上卷

一

刚上大学不久,我收到一封老同学的来信。第二天,我赶到虢镇。我的少年时代是在虢镇度过的,这里有我许多老同学。

走过小巷,是一片菜地。卷心菜正如蓝天的晴朗,白蝴蝶像玻璃片熠熠闪烁。坎坷的田间小路走过去了,碎石子唰啦唰啦响起来。我上了公路,一座暗红色小楼竖在眼前,像是期待蓦然而至的友人,它阴暗的窗户流露出憔悴和忧郁。楼边高高的白杨摆着树冠。那个鞋匠早停了活计,冷漠地注视着我,目光浑浊。我打消询问他的念头,径直上楼。

开门的是一位上了年纪的妇女,满脸惊喜,手忙脚乱,半天说不出一句话。她和善的面孔,使人想起乡下的日子,月亮,小草,河滩,散着香味的麦草垛,使人感到平静,一种紧张后的平静。

"尚英住这儿吗?"

"啊,就是,她在家哩。"

屋里一团黑,她在屋子很深的地方。有人在拉窗帘,窗口涌进大团亮光,亮光里有一张女人的面孔。窗外是瓦蓝的天,灰黄的土塬和黑色的树林。她苍白的脸显得很单薄,只有那双眼睛是热烈的、诚挚的。喝一口她母亲递过来的茶水,一撮茶叶噙在舌尖上,轻轻地嚼着,淡淡的茉莉香在喉咙里默默流动。初中的同学里肯定没有她,是高中的同学了。

"你想什么?"

"虢镇中学时候的事情。"

"大家见面都这么说。"

"中学最有意思呀。"

她笑了，同意我的看法，停一会儿，问："大学很有意思吧？"

"都这么想，但有意思的还是中学。"

我相信她是一种幻觉。

"你现在还没认出我。"

她掀开被子坐起来，动作相当吃力，她病得很厉害。

"你躺着别乱动。"

她没听见，她打开床头的录音机，优美的音乐奔流而来。所有的感觉都窒息了，音乐向高空飘去，天空渐渐开阔，那是蓝色的海，平和宁静，圆圆的白光蓦然降临大地。

白天鹅，白色的幻影！

在高中毕业的晚会上，我口含手指，口哨声环环飞旋，飘流出悠扬明快的《天鹅湖》主题曲。那是我星期天骑车兜风时留在旷野的歌，朦胧中我发现一位女生在口哨声里翩翩起舞，舞姿优雅，身段婀娜。回家后，我才意识到自己干了一件很有意义的事情。生活中流露感情的机会太少了，那位女生是谁？人在激情澎湃的时候最纯真也最迷糊。我仅仅记住了她的影子，她是勇敢的女性，在我们那闭塞的小县城里实属罕见。

"躺着没事干就听音乐。"

"老是这盘磁带？"

"就这一盘。"

我感觉到她在抽泣。

二

她母亲用热毛巾擦她的脸。她吐出一口气。

她焦灼的目光再一次射进我的瞳孔。我沉睡的世界在短短的瞬间被她戳破了,露出清明的天光。我张张嘴,想说些什么,这时候,最好什么都别说,静静地坐着。

"妈,把灯拉开,电来了。"

屋子里随即大亮,她躺在毛毯下面,患的是不治之症。

她的目光凄然地落在毛毯上。谁能想到这身子还跳过舞,还充满过音乐。

"我病得不轻,时间久了你会讨厌我的。"

"我喜欢这里,出站台就能看见你。"

"这是个大站,所有的车都要停。"

火车真的吼叫起来。

"它每时每刻都在刺激我,我还不如它轮下的枕木。"

她脸白得吓人,她很虚弱。这里是个大站,半小时发一趟车,汽笛声像小榔头,叩击她的脑门,告诉她时光的流速和进程。她说:"我额头上嵌满了岁月的铁钉,列车从楼下开过去,拉来好多人,拉来好多东西,却没有一样是我的。"

她母亲告诉我,她每天都要去车站坐一会儿,记下那些陌生的面孔,回来讲给女儿听。有时错过了客车,就从货车里捡一块煤带回家,让女儿看。冬天,那些煤块被烧掉了,女儿望着红红的火焰流泪。我答应她经常来这儿,她眼睛里默默地流出感激的泪光。我没敢回头，径直走出去。

楼道黑洞洞，我差点摔倒。"跟我来。"打火机的微光下露出鞋匠削长的脸，我跟着他，他笨手笨脚，火熄灭了好几次。

"别走菜地，那儿有狗。"他叮咛完，提着水桶上楼，地上洒了好多水。

"是个好人，就是性子急。"原来老人站在我的身边。劝不动，只好让她送着。老人有三个儿子，尚英刚病时都很关心，后来厌烦了，老人自己来照看。

"英儿心太强，过去她有许多朋友，怕打扰人家从不给人家写信，熬这么多年，才拿定主意给你写信。"

我竟说不出一句安慰她的话。

"五年多了，这是她最高兴的一天。"

老人说完，近乎大梦初醒。

秋夜空旷沉寂。唯一值得回忆的那个毕业晚会在脑海中萦绕不散。那时，我是个最普通不过的中学生，不好也不坏，伙伴们认为我脾气好，可以一起玩，老师提起我要思索好半天。要是我突然消失了，大家充其量议论一个上午，隔一场球赛就会忘记的。对我来说，空闲的时候没意思透了，不能老帮着家里人干活、干活，干个没完没了。于是我找小说看，我在小说中找到了许多令人喜爱的女孩子，同时发现我的身边就有。因为胆小，只能暗暗地瞅瞅她们的影子。确实如此，她们的言谈举止完全可以跟那些女主人公媲美。那时，我对文学一无所知，认为书里面的就是我身边这些美好的人。我是那么尊重她们，崇拜她们，能跟她们一起读书我感到心满意足。临毕业那年，这些美好的影子一下子聚在一个人身上。她整个夏天都是白裙子，走在夏风里便成了羽化的人。那天晚会上，我第一次出现在众人面前，完全出乎我的意料，我根本意识不到我的所为。眼前是大家诚挚的眼睛，从那里走进去就像走进太阳的怀抱，被激动着被融化着。许多眼睛重叠在一起，变成了星星有千万粒，而太阳始终是一个。只要她存在，我便一千次一万次向她奔跑，让她巨大的电流一刻不停地击中我，点亮我心中那盏灯！

我的生命中究竟发生了什么事情？仅仅一次就和世界上所有生命接通了，汇合了。我不再是纤细的小溪，我已置身于激流，与大地同属一体了。后来，我去远方读书，相处已久的或偶然相遇的那些姑娘再也不能打动我的心。苦恼和烦闷涌上心头，我祈盼着她快来。由于这个形象早已占据心头，她使我的性格变得那么固执，那么执着。我整天处在梦幻的世界里，我的神经敏感到可怕的程度。一旦她的影子出现，哪怕在天边，我也会欣喜若狂，她毕竟出现了。在这种高度燃烧的气氛里，时间也变得分外胶着，周围的人像在烟雾里，朦胧不清。一天，当一位姑娘站在我的身边时，也就是当我意识到她是我的未婚妻时，我惊讶得发狂。过去的一切都是幻想，那个美好的她并不存在。怀着这种懊丧的心情，我走进大学。

我猛然抬头，台阶前一个人用信号灯对着我，我闯进了车站。每个人都有车站，时时改变着方向。这么说，五年前业已否定了的那个世界又奇迹般出现了，真实地出现了，不带一点虚假的成分。

站台的灯光一刹那柔和起来，透过浓厚的烟雾，一双新奇的眼睛晶莹透彻。我的额头似乎触碰到那细微的气息，这是好多年前凝视我的眼睛，她一动不动，只对着我，目光那么专注，充满激情。我感到自己的双腿在迈动，大地在柔软地起伏，那双眼睛嵌在小楼潮湿的窗户上。

三

"出了什么事？"

"没出什么事。"

"不会说谎就别说。"

脑袋嗡的一下，想起来了。她按住我的肩膀，我只好躺着。小卫来的时间不会太短。

"什么时候进来的？"

"你竟一点儿感觉都没有？"

我知道可怕的事情要发生了，我们互相注视着，她的目光跳跃不定，泪水如同春潮，急速地汇聚着。我忍不住低下头，屋里的东西触电似的嗡嗡乱响。

"发生了什么事？"

她控制住自己的感情，可声音仿佛得到神灵的启示，猛烈地撞击我的心灵。

"别疑神疑鬼了！"我跳下床，"这样不行，我非得神经病不可,干吗要这样?"

她安静下来,脸红红的,不好意思地说:"我很傻,惹你不高兴。"

我干吗这样?我坐在她对面,小腿磕着她的膝盖。她没动,很激动的样子。我抓住她的小手,她是美丽的姑娘,谁说不是呢?我想起周围那些羡慕的目光,她给我的生活带来舒适和魅力。

不管怎么说,我的生活发生了变化。小卫感到了这一点,她对我的关心是前所未有的,好像我要抛弃她。我还没有这样想过,她闯进我的生活整整四年了。

清早起来,街上空荡荡的,响着我缓慢沉闷的脚步声。白杨树也许太高了,太纯洁了,周围的建筑物显得那么丑陋和暗淡。走在秋野,总有一种空虚的感觉。冬天,我来过这里,土块含着麦种和油菜籽,坚强地迎着冷风和大雪,这些富有个性的土块使人想起男子坚实的下颌。下地的农民从我身边走过去,我很孤独。这个世界上跟我真正有联系的人太少了。

我注视着烟雾和闹声里的城市,四年前第一次走进这个城市的时候,我相信自己会保持乡下人那种淳朴的心灵。有一年冬天,我突然惊醒,披衣带门。时值深夜,大街空空的,大雪发怒似的扑向这座黑暗中的城市。我冷得发抖,神差鬼使似的转了一圈,门虚掩着,火炉吐着红红的火焰。

未婚妻为我安排好了一切。白天,她带我去拜访亲戚。走了一段路,她说:"是我爸爸的一位熟人。没熟人就办不成事儿。"我不由得恨起自己的毛病,从小就异常敏感。"跟你们乡下人不一样，乡下人的亲戚是血缘关系。城里人举目无亲只能这样，关系熟的就是亲戚。"她为我们毕业后的工作做打算。

意识恢复了，我躺在床上发高烧，额头上是她亲切的手。

"唉，醒过来了，吓死我啦。"

她的手顿时像抽去了筋骨，软绵绵的，她一定在放心地笑呢。郑医生看了一阵，说："不要紧，按时吃药，明天就会好的。"小卫坐在我身边，她太好了，她很体贴人。郑医生用敏锐的目光打量我，好像我是个内容丰富的病例。

"你的病很怪，除了生理上的原因以外，心理上很不稳定。这只能说是我的一种预感，无法说清楚。"

郑医生说完，倒在椅子上抽烟卷。小卫急了，要站起来，郑医生赶忙按住她："别激动，这是你不能理解的。"

她在许多方面超过常人，可这时像个孩子。

我擦额头上的汗，欠起身子问医生："人怎样适应陌生环境？"

"如果你每天吃微量的'1059'（一种农药），过一段时间你就可以吃毒药，你也就无所谓中毒了。血液中融进一定比例的毒素，就能产生一种可怕的适应机能。人的适应力大得出奇，但又最脆弱。"

郑医生分明在讲演，在独白，站在我的书架前。书架上都是文学书籍，他显然看清了我的心思，他的目光跟手术刀一样，尤其是对我这样的病人。

微寒的秋风，吹荡着山前的流云，体味人生的真谛唯有在这沉思的季节。

草木也在出冷汗。我的神志已经清晰，胸脯胀得一鼓一鼓的，眼睛闭着，嘴唇在动，在说着什么。这不是她吗？

"才找到你了，这些年你跑到哪儿去了？"我闭着眼睛喃喃地说，"你会好的，会离开那个黑屋子，我再也不过这种日子了，我们一起去远方。"

那个影子忽然不见了，荒原上只剩下我一个人，星星像五角枫布满天空。我大声呼喊，两只胳膊像暴风雨中的树枝，向天空抛投去倔强的渴望。我累了，重重地倒下去，接着又是喃喃自语，像念咒似的。

"他神经紊乱？会不会得神经病？"

"好像不是，他说的话既像梦话又很正常。"

小卫来回走动，另一个人是我熟悉的郑医生。我早就清醒了，微笑着看他们。小卫抓住我的手，仿佛我生了翅膀似的。郑医生抽着烟，待小卫平静下来，便叮咛她要买的药。她离开时，神情还是那么忧伤。

郑医生掩上门，扫我一眼，说："那个人是谁？"

"谁？"我几乎跳起来。

郑医生摆摆手，说："别激动，是我问你。"

我心跳加快，那个人只能在美妙的气氛里出现，面对这个冷酷无情的家伙，我只能躲在沉默的掩体里。

"你在爱一个人。"郑医生逼近一步，目光暴雨般冲开我的眼皮，使我不能眨动一下，他一步一步走过来，"你的眼睛你的神情告诉我的，我是医生。"

我叹息着，脑袋沉重地落在枕头上："我有未婚妻，你是知道的。"

"你的未婚妻不怎么样，起码你现在心里这么认为。在大家眼里，她是个出色的姑娘，那仅仅是在大家的眼里。现在你发现了这个事实，可是不敢面对它。"

"可我还是爱她的。"

"你自己软弱无力，内心空虚。跟一个能干漂亮的姑娘在一起，大家都羡慕你。这并不是你真实感情的所在，而你真实的感情寄托在飘忽的幻想中。这个漂亮能干的姑娘只是可怜的替代品，仅仅满足你的虚荣心。大家都靠这种替代品维持生命，双脚悬空，两手紧紧抓住一把稻草，一生都处在危机和恐惧之中，好让别人都认为你幸福。"

他简直是魔鬼，他双手扶着床沿，鼻子几乎触到我的嘴巴："瞧你这双诚实的眼睛，是不会骗人的。我的话完全打中了你，是不是？你热爱生命，这点难能可贵。大家都不知道生命是什么东西，像喂牲畜一样用粗糙的食物充塞自己的灵魂。可你不同，你发现了寻觅已久的东西，开始向腐烂的过去告别。告别是痛苦的，追求一种幸福就得牺牲另一种幸福。"

郑医生不再劝我，点着香烟放心地走了。

四

四年前一个阴雨天，我离开萧条荒寂的田野，站在桥边，对面四楼的阳台上坐着一位姑娘,她的目光早已离开书本,如痴如醉,呆望着田野。那里是散乱不堪的玉米秸秆和紫红色的野灰条。我不顾一切走过去,直对着阳台。太像她了,不,就是她!那眉毛,那眼睛。天空响起哨音,我激动得浑身发抖,汗和泪水洒落在地上。雨点顺着风势斜斜飘来,那姑娘完全露在秋雨中,似动非动,无限依恋地凝望着那块秋田,整个身子在悠扬的和声里起伏。原来她在凝视着我,那块秋田有我走过的路。

"你知道缘分吗?"

"梦中出现的偶像,在生活中得到实现就是缘分。"

"那场大雨就是咱俩的缘分。"

尚英笑笑,不再问了,我怀疑自己的心是否还在跳动。在她跟前,我安谧平静,像月光下的大海,弥漫着空灵的神韵。被生活锉钝的感觉,又悄然复苏。为了生存,人像农人胸前的蛇,不得不粗野凶狠。

"我弟弟就是这样的人,他的苏醒就是蛇的苏醒。他以前看不起牛高马大的同伴,手不释卷,常常读到深夜。现在他说为了善良的目的必须有强有力的凶狠。他一次次交好运,有地位有钱,可妈妈是善良的,她知道弟弟干了什么,常常暗自流泪。"

"你在他眼里是个累赘。"

"不,你错了,弟弟坏得很有水平。他是中文系的高才生,知道聂赫留朵夫是怎么回事。也许他是出于真情,他对母亲和我的感情很深,他干亏心事越多越眷恋我们——人总要寻求一种心理平衡。我早就觉察到了他这种心理。也许因为我是病人，对他来说，值得信任的人只有母亲和我。

"我从小就是倔脾气，找不到真正的东西绝不罢休，我几乎对人都失望了。

"那年秋天，我在河堤上散步，一个陌生人走到我跟前，放下沉重的旅行包。他显然认出我是他的什么人了。他的瞳孔大得出奇，深沉而幽远，我看着他的眼睛，仿佛走进一座森林。这是我想望已久，寻觅已久的东西，他使我永世难忘。我因为幸福的突然降临而昏厥。我抱着这种念头迎上前去。陌生人早已离开，可路是清晰的。田野充满勃勃生机。一切都在发光，都在呼吸，都在打着口哨。阳光，树梢，细微的黄尘旋转着，到处是水的流动声。

"荒原上只有我和我的幻想在行走，铁杆蒿倔强地挺立着，像黄土里迸起的青筋。后来又出现了巨大的石块。

"忽然大雨滂沱，我的身上冒起乳白色的热气，头发像浓墨泼在石面上，溅起绿色的火焰，点燃了岩石的灵性。我怎么了？身体触到的东西都是热乎乎的，我不停地打着寒战，从此，就卧床不起。"

"是肺炎？"

"我一直有病。可我太爱天空了，真不知空气是怎样流动，鸟儿是怎样飞翔的。"

白天鹅从我少年的天空里消失了，落在这座黑屋子里，依然保持着她纯真的天性。好多年来，朦胧于心中的正是这种神秘的感觉，它像一束游动不定的光，幻化出一片美丽的景致。

走了好长的路，我又来到这栋小楼前边。鞋匠走过来，给我一支烟。

"你很激动？"

"我确实很激动，要不然就不会来这里。"我说，"你也是一块冰凉的石头，对不对？"

他的疮疤无意中被我揭开了，散出激情的芳香。我感觉他并不丑，他以前显然是个英俊的小伙子。

"我曾经很漂亮，大家都这么说的，我却一点儿也感觉不到，等我感觉到这一切时我已经变得丑陋不堪了。"

"为什么？"

"为什么？人人都为她发疯，可她周围都是无耻的小人。"

"你就爱她了。"

"她心里很讨厌这伙人，可她最终跟他们结合了，而这种厌恶是后来的日子里才发现的。"

"正不压邪，邪法治大病，你没有邪法子？"

鞋匠泪水涟涟："爷爷劝我不要伤心，他说人没三分流气不行哇。我怎么也想不通，不停地在泥土里修炼，在疲惫里解脱，越是这样心里越狂。一天夜里，雷雨大作，我再也忍不住了，朝山野跑去。坡顶有一棵白杨树，白杨树狂热地向我扑来，风又把它吹过去。天空落下一个炸雷，白杨树痛苦地倒下去。我坐在它身边，等待雷电再次轰击，绝望和渴望在这里同归于尽，而家园再也拴不住我散荡的心灵。走累了，就靠着树睡觉，醒来忽然听见树叶对我说：现在你才算真正的美男子。我站起来，青春的火焰又重新点燃。第二天，白杨树下的黑房子里走出一个女人，她望着我，望了好久，微笑着点了点头。是她，一定是她！我不顾一切去追问，原来她另有一个世界，就是那支动人的乐曲。"

我心跳得很快，屏住呼吸问他："有一个人？"

"嗯！"

这声音就像他的铁榔头，豪迈有力，完全是趁着回忆往事的激情所产生的力量。他显得很高尚，我很气愤，转身就走。我讨厌自己，我从未产生这种念头，那些悔恨、惆怅、忧愁等等情绪都是外物加给我的。现在什么都清楚了，悔恨、惆怅、忧愁是我自个儿的，是我生命的原色。鞋匠的影子在前边晃动，他刺里疙瘩的脸像油画越远越漂亮，雷电把天空的形象涂在他脸上，他如此完美，而我似乎得到了他的自卑。

我一定是患了不治之症！车站就在我眼前，无数张面孔在灯光里晃动，我一个也发现不了，我太孤独了。一个病患者的孤独，欲同病相怜而不得。汽笛声总是那么强悍，像野马嘶鸣，每叫一下，我都不由得一阵战栗。有个男人向我走来，行人如同路旁树木，他则是潇洒自如的列车，大家在向后倒，而他却阔步向前。别人在他的气势下不由得低头沉思，想自己不怎么如意的人生，而他很如意。他的目光渐渐暗淡，步子也松弛了，空虚的夜幕洒落在他身上。我一阵狂喜，迎上前去，他猛然醒悟，满脸惊讶的表情。我嘴唇抿得紧紧的，两排牙齿像不同的山系凝聚着，成功地阻击了胆怯的进攻，电弧光从眼瞳悠然飘出，他的嘴唇开始哆嗦。

"别……就这一次，见见妈也行。"

"天已经黑了。"

"你总是这么说，天黑了，天黑了。天黑了我才好受些，才到镇上来。谁叫我患这不治之症呢？药就在你这儿，你给我一句话就够了，我的秘密你都知道。"他握住我的手，边走边说，"应该早点认识你。天亮我得赶回去，我真正的生命在这里，姐姐看出了我的本质，我积习难改啊。人的周身都是病，可饭还得吃，尽管饭里有病菌。我的老婆总使我心跳加快，可看一眼姐姐的窗户我就会感到平静。这种感觉越来越强烈了，怎么办？怎么办？"

他神经质地凝视着我，大口地抽烟卷。"你太幸福了，天下不幸的只有我。"他抹一把鼻涕，半天不吱声。

列车进站，地面微微颤动，他掏出名片递给我，奔向月台。我和纸片随即化入夜色。

五

我下决心跟她分手了，这念头产生在昨夜的小镇，那铿锵有力的车轮声中。

门虚掩着，她没在家。我的感觉一向很准，难道我对她还是一如既往吗？心儿潺潺游动，是她在复活？心属于自己的时候并不多，随便她撒下什么种子都有开花结果的可能。她在老地方徘徊，她在受苦受难，我更难受。我感觉到的不仅仅是她殷红的种子了，她手指的根须蔓向我的全身，她呼吸的晚风吹胀了我心灵蓬松的泥土，她是个好姑娘。

我推开门，那束蔷薇花跳动着晕红的火焰。我闭目静思，除耳膜轰鸣外什么也听不到。衣橱的大衣镜子里嵌着我苍白的脸。走出屋子，我仍然惶恐不安。

路面到处是积水，车辆发疯似的吼叫着从身边擦过。小卫的柔情凄然消散，刚才我还是那么激动。周围的人很多，我没勇气看他们，要是小卫在这里，一定会说我病了，送我上医院的。时间在空白中进行，脑海漂泊着又圆又密的省略号。

人们惊奇地望着我，望着诞生在我身上的清新，平淡无奇地排向远方。气息。有人在唤我。小卫的爸爸夹着皮包，站在离我不到十步的地方，他那兴奋的神态使我难堪。我竭力保持镇定。

"你们之间发生了什么不愉快？"

"我很愉快。"

"是吗？"

他重新打量我。"你不要介意，把我作为你的朋友，告诉我，你发现了什么？不用隐瞒，瞧你这眼睛，像团火，我年轻时有过这么一回……又失去了，我那时仅仅看见了闪电的影子，暴雨来临我却躲开了，你现在跟我当初一样，不要失之交臂。"

"谢谢你。"

"年轻人，我好羡慕你，我是一片沙漠，听见雨在你的头顶奔流就坐不住了，告诉我你的幸福所在。"我穿过人群，生怕失去这幸福。他紧追不放,像个执着的孩子,不顾一切地大喊大叫,电车和人群把他隔开了。

回忆之光到处闪烁,这个可怕的老人!我应该安慰他,使他安静。

小卫的妈妈很早就离开了这个家,小卫是在姑姑家长大的,这个可怜的老人!他的确年轻过,在这个世界上,年轻过的人不会太多,大家都经历过,但没有年轻过。

那棵白杨树在灰蓝的天幕下宁静而纯洁,水珠从树上哗哗坠落。这是我们约会的地方,往事不堪回首。那朝夕相处的情景,变着法在折磨我。我坐在潮湿的草地上,望着龟裂的树根。

那棵小白杨树缓缓地朝我走来,她披着水莹莹的绿叶,喃喃自语。小卫无限温柔地走来,挨着我坐下。

她愁容满面,但自信的嘴角依然挺出清晰的线条,一只鸟奋不顾身投落到摇撼不已的树尖上,雷声大作,弧形的闪电刮过低空,树冠被削落地上,树液射向高空,像垂直的彩虹。生命的乐章就这样诞生了。小卫站在树底下,脸色苍白。

"小卫,你病啦。"

我奔过去抱住她。我的头沉重地落下去,过了很久,一只手叉开我的额发。"到底醒来了,回去吧!"我躺在小卫的怀里,不知今夕何夕。

"我要让你回到现实中来,你那些想法是荒唐的,可怕的,我不忍心看着你受苦。"

沉默更容易流露我的固执,空气变得燥热,她的身影正可怕地消失在丛林里。一个巨大的空白出现了。她微笑着向我走来,像射透浓云的晨曦，我抓住她的胳膊，她的目光就暗淡了，真像一场一场幻觉。我的心擂动着像打鼓一样迎接她。而她却走了，什么都可以，离开她不可以，哪怕暂时不会出现，存在于某个地方都行。

我竟然来到这里，小卫的爸爸正在俯身看着一张图纸，一绺头发调皮地甩在宽阔的前额上，他把全部的热情都倾泻出来了。这是一个男子动情的最高点，在人面前不会如痴如醉的。他扔掉铅笔，把那种目光投向我，我的嘴角抽动起来。小卫的事他知道，我不该来这里。很早以前，他身上那种说不清的气势就征服了我。"我找你好久了，知道吗？"

"新婚之夜该有多么美妙？这种感觉在我身上即刻消失。我点了一支烟，香喷喷的，身边偎着温柔的妻子。我的心艰难地离开这里，飘向天空。多么迷人的秋夜！星星轻松自如地走着它们的路。世界把人的全部形象体现在妻子身上送给我。我要从她身上体会人生的意义和世界的真谛。她是一个好妻子，她不会使人失望，但却使我失望。一定会有另一个人来帮助我，来倾听我的心声。二十多年了，这想法像岩浆一样淤积着，不停地噬咬着地壳，寻找着喷发的良机。无奈我年老昏聩，年龄和地位根本不允许我像孩子一样抒发自己的感情，我只能在内心深处，用血来扑灭这团大火。这是一种自欺欺人的举动。夜空也是大火飞流。我在这个世界上失望了，而在另一个世界里看到了希望。我的一切全倾注在工作上，当我抚摸建筑物时，那种感觉是我妻子的身体无法给我的。"

他做了个有力的手势，嘴角不由自主地跳动几下，又刮起一场风暴："我早就知道，梦会结束的，有个人会出现在我的生活里，惊醒我，了解我。"

"我不了解你啊。"

"我了解你啊。"

他的手伸过来,又本能地缩回膝盖上。

"你们都是不幸的,可不幸得如此这般,这般不同。小卫仅仅要求生活得有声有色,而你却在寻找一个境界。你是高尚的,我丝毫没有责备你的意思。"他为什么不扮演一个小人呢?这样,我可以把牙齿磨得咯吱咯吱响,就可以挺过去呀!谁不知道小卫是个好姑娘。

"你的眼睛有一种烟雾似的哀愁,小卫把它理解为男子的内在气质。可怜的丫头什么都懂就是不懂这些,跟她妈妈一样。这个秋天,你变化太大啦,尤其是这一个星期。"

"跟你一样,我也经历过。"

"绘图纸上常常出现一个小女神,弄得我像个醉汉每时每刻都在陶醉,青春岁月就是这样使人惆怅不已。"

我推开他走了,那只是我的秘密。

…………

穿过漫长的大街,一直到郊外,小卫始终跟着我,但那种孤独感仍然不散。小卫望着我,脸盘儿在纯洁的光波中晃动。

"回家吧。你真像个孩子。"

我流泪了,这几天我的确像个执拗的孩子,丢魂落魄四处乱跑。"你在农村待得太久,大学四年并没改变你,可是要生活就得有规则,一个站接一个站,就像这条路,从连云港到乌鲁木齐都是固定的,你剪票上车就行了。"

"可是后来有人把铁轨扳过去,火车开向了陌生的地方。"

我一下说出了心中的秘密。

"疯子,都是疯子!妈呀,怎么回事啊!"她双手掩面不停颤抖,"爸爸病了,郑医生病了,你也病了,怎么回事啊!"

"郑医生疯了?"

"你也疯了。"

大街在哗哗流动,白色的风在灰暗的天底下越吹越劲,我走在一幅古拙的木刻画里,温暖地跳着,像诗的节奏,像马蹄的节奏。

郑医生就住在这里,门上的绿漆脱落不少,粗疏的木纹清晰可见。

"郑医生不在家。"隔壁的女主人站在竹帘里边,手里拿着课本,是个教师。

"门开着。"

女教师推门而进,我跟着进去。屋里到处是纸片,桌上墨迹斑斑。女教师笑了笑说:"这是常有的事,他是个怪人。"

屋里有一种异样的气氛,女教师的脸色变了。她缓缓地走动着,眼睛在镜片底下晶晶闪光,那目光湿漉漉地落在一张相片上。这是一张少女的肖像,背景是一种近似无光的白色。她茫然说道:"他不会回来了,我知道他迟早会走的,他没有安心的地方。"

女教师蹲下捡那些纸片,纸片上龙飞凤舞涂满了字,像个神经病患者的随意写生。这间屋子充溢着她和郑医生那朦胧而奇妙的故事。她整理好书桌和床,望了我一眼,低头走出去。在黑沉沉的天空下，她的脸色愈加苍白，像只白色鸟在无声地飞旋。

我坐下来翻阅那些纸片，全是没头没尾的内心独白。

九月一日

灰蓝的天，桥上人很少，叶兰比以往更迷人了，那个日子突如其来简直令人难以置信。我们倚着栏杆，雾从河面上扑面而来，也朦胧了一切。可我们还是看得清急匆匆的人群，人们也同样感受到了我们的幸福。行人照旧匆匆奔走，叶兰照旧望着浑浊的渭河。她来了，只是一个感觉，无比强烈，那位少女望着我，又迅速看一眼腕上的表，匆匆离去。叶兰身上的灵光全消失了。那位少女还在远方晃动。

我总以为青春岁月的一切都蕴含在叶兰的身上，而现在我收获的却是无尽的失望。

冬天没有雪，我们没有底墒，我们冲不破季节的封锁，我们过不好春天。

十月二十二日

傍晚来了一位病人，她很独特。

我意识到我的使命开始了，我在完成一项伟大的工作，灵感纷涌如泉。夜是白的，周围是天地巨大的眼睛，苦恼与忧愤被病人纯净的气息融化了，夜色弥漫天空……

曙光奔流，在帘前激起巨大的声响。病人被抬出来，她微笑着长久地望着我,然后合上眼睛,进入安静的世界,她太疲乏了。我倒在沙发上什么也不知道了,而记忆之河在流动……一位少女在桥上望着我,雪花燃起晶莹的火焰。这不是冬天!不是冰封的季节!我苏醒了,跑进郊外的庄稼地里,种子青亮的脉搏在突突跳动,草木的根须像鸟儿的翅膀在泥土里飞翔。

我坐在渭河边,她早已离开大桥。已经无所谓了,少女的一切就是周围的一切。悠悠流水,匆匆西风,我仿佛坐在遥远的星光里,又仿佛置身于旋转的雨滴中。

十月二十三日

她不是病人,从她身上可以感觉出那位少女的一切,她就在周围,我要去找她,找到她。

六

尚英病得很重,她望着我,突然进入昏迷状态。

"你看到了什么?"

"星光闪烁,没有岸,没有帆船,我放弃一切,赤身向前游去,尽管我知道前方没有岸,但我给自己幻想了一个。"

"讨厌幻想吗?别以为你过了而立之年,你很少有站起来的时候。"

"没有，我只看见夜，看见这所黑房子。"

"那你只是黑房子了。"

"我在找郑医生，他走了，只找到他的日记，还有一张少女的照片。他给这位少女看过病。"

"你又在想那只天鹅，天鹅还在，可湖水干了，天鹅没有跳舞的地方，没有水就没有音乐。"

我噘着嘴吹起口哨，我再也吹不出少年的神韵了。湖水干了，生命焦灼不安，没有节奏没有旋律，那都是些什么声音？我的悟性停顿了，再也听不见她的内心独白。她从痛苦中苏醒，她的目光是陌生的，她认不出我了。我抓住她的手使劲地摇晃，她皱起眉头，望着窗外说："这是秋天最后的日子。"

雨刚停，闪电的影子还留在人们的记忆里，蟋蟀的嗓门越抖越高，眼看就要破裂了。萤火虫从古墓里拥出来，清晰而轻盈。这些大地的精灵把夜色涂染得神秘而美丽。我茫然若失，她醒来之后会不会知道我曾在她身边逗留过？

我懊丧至极，踏入吵闹不休的车站。酒馆在刺目的灯光下张着嘴巴，我咽一口唾沫，踅进去。七八个小青年划拳猜令，吵得不可开交，我苦笑着到里边的雅座去。一个很有绅士风度的青年在独酌独饮，他斜瞅着我，说："来了就喝。"

他倒一大杯红葡萄酒，做了个"请"的手势。我坐下，他望着我，神秘莫测。

"我这种人才来这里，你能光顾太出人意料了。"

"我特殊吗？"

"有一点儿,你去她那儿啦?"

我没吱声,他说:"她更特殊,特殊得叫人受不了。"

"你不配这样说她。"

"她是个疯子,疯子!知道吗?有病的人都邪了心,见了正常人就想报复。我是她弟弟,对这一点最清楚。"他凑过来,显出亲热的样子:"想想看,她把你们牢牢抓住为了什么?鞋匠是个丑八怪,这样做还情有可原。你呢?大学生,大家羡慕得要死,也突然疯疯癫癫起来,真叫人奇怪。"

"你再说一遍。"

酒杯紧紧攥在手里,随时都要射过去。他吃惊地喷出浓烈的酒气。他凶相毕露,越来越近,灯落在他的大脑袋后面。我的手发抖,酒杯哗啦射过去,他向后一躲,一把椅子已握在我手里,我大吼一声猛地蹿上去;我左劈右砍,要击碎周围的一切,要冲出去……我直挺挺地站着,手里只剩一根椅子腿。

他蜷在地板上,血从他的额头流出来,像泪水。我不知道自己干了什么。四周僵硬的人群开始骚动,有几个年轻人出来给他包伤口,并准备送他去医院。但他竟站起来,走到我跟前,说:

"我很感激你,我找到了对手,我是第一次失败,你是第一次胜利。你成功了吗?你自己明白。她是高傲的,她值得你献身,你值得她费神吗?"

我吃惊地望着他远去的背影,可怕的预感猛然袭上心头。昨天读郑医生日记时,那种深切的感受消失殆尽。我觉得我更陌生了,在郑医生那里刚刚找到自己的影子,却一晃即失。我是否在走?走向哪儿?没有星光,也看不清灯光,更找不到她的窗口。

黎明的微光像白鲸,喷着高高的水柱浮上天空,鸟儿还没有醒,蟋蟀也累了,路面上全是空虚的寂静,幽幽地抽动着我的身影。

街上渐渐出现摆摊的小贩和上班的工人,我的样子很滑稽,大家都在看我,我心慌意乱。两个姑娘站在小吃铺前凝神看我,其中一个仓促离去,另一个呆呆地站着,我不能不动心了。

"我们走吧!"

其实,这句话我会对每一个人说的,只要她这样望着我,我会捧出全部激情。

她跟着我,很快就挨得紧紧的。秋晨太凉了,泡在水里似的,我们感受到了彼此身上的温度。她突然哭起来,泪花开在草叶上,打落了细密灰亮的露珠。她不走了,像个孩子固执地站在路中央,"看看我吧。"

"小卫!"

天真的黑了,昏了。这些天积郁在胸中的力量和渴望猝然爆发,我像一枚落叶开始任性地飘旋。人真怪,你感觉你是座山,你就有山一样沉重的负担;你感觉你是一股风,你就有飘流的自由。经过漫长的追索,我肉体和精神像发条,上呀上呀一直到断裂的程度。

"小卫……"

我泪流满面,她更为激动,幸福像电流穿过她的身体。"就住在这里,表姐学习去了。"

她离开时还激动不已,老是不相信这是真的,最后拾起一枝压折的矢车菊。

我自由自在地向坡上走去，田野的色彩和天空中的鸟鸣开始出现了。刚才它们并不存在，躲在一个神秘的世界里，也就是说，小卫在这段时间里取代了大自然的声音和色彩。

我走到黑房子跟前，我奇怪自己以前是以什么方式进去的，进去又是怎样开口的。我怀疑自己的能力，于是宣泄了刚刚鼓起的勇气，离开了这里。鞋匠远远地瞪着我，像只饥饿的狼挺费力地打出一个饱嗝，便低头走开。他感到我在他身后，便回过头，说："去看看她吧。"

他跨前一步，按住我的肩膀使劲捏了捏，像在哄一个准备去干大事的孩子。我在黑房子附近走了好几圈，结果还是离开了那里。我知道小卫在等我。我的心之所以平静安然，是因为我有小卫，而鞋匠则没有。我有两种生活，现实的和幻想的，而我的爱同样有两种。

我离开了那神秘莫测的黑房子。我干涸了，没有水了，天鹅不会再跳舞，任何鸟儿都不可能再跳舞，这不是生命的季节。

冷峭的风在河滩上呼啸，稠密的白杨豁然疏朗，铜片似的柿叶从半坡纷纷坠落，铿然有声，苍然有色，野菊花像蜜蜂在酝酿泥土的芳香。

这是秋天最后的日子。

小卫吃惊地抬起头，又重重地偎进我温暖如故的胸口："刚刚开始，你忘了。"

我心里太乱了。小卫悄悄走开。

她走在长长的河堤上，前边是热闹的市区，堤岸下晚秋的田野曾是我走过的，往昔的晕光似乎在回升，在涌动。水声浩荡，长桥沉沉地覆压着浑浊的流水，像簧片过滤出远山的回声。暮色渐浓，灯火像熬红的眼睛，在窗口苦苦地思索着。小巷深处流出断断续续的吉他的和弦。这里，没有旷野的口哨，没有我和我火热的心。天空只吹来料峭的风。闪电，没有出现。

七

树叶刚刚坠落，散着淡淡清香，像用蜡纸剪刻的水果，堆在路边。第一次来这里时，树杈上仅仅凝聚着我的目光和期望。现在，鸟儿在那里筑起漂亮的巢，在灰蓝的天空中飘浮着，像一团磨了多年的浓墨。

门上了锁，我拍着门板，嗡声四起，似乎在扩散我悸动的心灵。我点一支烟，喷一口，烟雾朦胧了灰白的窗玻璃。

隔壁家的小孩站在楼道里，他惊讶地望着我："阿姨抬走了。"

"抬哪儿去了？"

"那儿——"

火葬场高耸的烟囱像只大扫把，在天空扫出一片清静的园地。

"快要下雪了。"

"雪花有翅膀吗？"

"有。"

"那一定是天鹅了。"

"天鹅?你怎么知道是天鹅?"

"昨晚上阿姨叫了好久,说她要飞,要飞。我问她飞什么,她说要飞一只白天鹅。她哭得好伤心。她不愿意死她要飞。我说阿姨别哭,天鹅飞来了我给你送去。阿姨真不哭了,说有个叔叔要来,知道天鹅在哪儿,我就一直等着。"

我蹲下去看他明亮的眼睛,我也曾经有过这么一双眼睛。什么时候浑浊了?我不知道。

"你家有收音机吗?"

小孩跑回去端来一架小收音机,吱吱啦啦跳出一串女中音:"咸阳、宝鸡地区有微量的雪,局部地区可到中量。"

"我们去看白天鹅。"

我带小男孩到镇外的土塬上。我望着天空,用口哨吹那曲子。小孩执拗地扳我的手指,全扳成了飞动的翅膀。雪落在荒凉的土塬上,白天鹅开始跳舞,跳完就飞走了。

下卷

一

铁路上奔跑的不是火车，是一轮太阳，往西往西，一直往西，我就这样到了乌鲁木齐。

大学毕业后我先当记者来着。我写了一篇稿子，接着跟踪报道，越跟踪越玄乎。因为那是某单位头儿的绯闻，我不好意思再跟踪了。我坐办公室发呆。赵以疾来找我，他对记者这行当羡慕得要死。我忍着，听他叨叨，他讲那个叫樱桃的丫头，他失恋了，我听着就来气，我把他撵走了。我看见主任在楼道里等我。我走过去，主任说："老弟，你倒霉了。"主任客气一番，告诉我的去处，去一个山区县当中学教师，那篇文章毁了我。

不要曲解。我绝非胆小之辈。采访过程中，受害者的遭遇使我寝食不安，要知道我那时是个未婚男子。我的未婚老婆花儿似的娇嫩，跟经理坐一个办公室。我总感到经理不怀好意。我要坐经理的位子上，面对漂亮的下属也会有所作为的。从采访回来那天起，我就看未婚老婆不顺眼。她白嫩的身上好像全是经理的痕迹，尽管我在那里大展宏图，可我们最终还是分手了。

我问主任："非得当教师吗？我顶讨厌这个职业。"

主任说："我懂你的意思。你要自己选择去处，哪怕比教师这个职业更糟你都愿意。可老弟你就不想想，你错在哪儿。老是我想我想，你又不是皇上，你不想不成吗？"

我不怪罪主任，主任说他早就习惯了。

二

我被安排在乌鲁木齐十九中学。终归当了教师。我剪掉长发，刮掉胡子，穿起中山装。课堂上偶尔讲些武侠什么的。学生笑，我也笑。学生对我印象不坏。可我不敢与他们深交。学生很贱，过于严谨，他们背后乱议论，过于接近，他们会认为你软弱。新来乍到，如同暗夜行路，我得赔着小心。

主任让我带四个班，我就带四个班，近二十节课。我得听话。我在陕西乱了阵脚，我得稳住才是。

星期二开例会，主任说："大家谈谈武侠小说的问题。畅所欲言啊，畅所欲言。"大家抬头互相看一下，没有吭气。主任的目光落在我身上，我有必要展展舌头。"武侠小说可以看。最好办个专题讲座，我们教语文的就有事儿干啦。"

董老师说："这不成自由市场啦。我看该罚，按书价罚。"

我得考虑考虑是否反驳。董老师平时很少说话，跟主任也很少来往。我说："罚款是警察的事情。教师就是搞麻烦事的，应该有问必答。"

董老师说："学生乱问也答，胡思乱想岂不乱套了，缰绳拉紧点好。"

"哈哈，学生成牲口啦。"

主任定案："这样吧，有发现看武侠小说的按书价罚款。"

我又走进了黑胡同。几天后我摸清了，董老师常去主任老婆那儿，主任老婆在商场工作。关系铁得很少在一起拉扯。

看门的赵老头说:"挤在一起的要么是仇家,摸虚实比高低,要么是套近乎。"赵老头肚子里全是秘密,我每天饭后去他那儿待一阵。

例会我再也不发言了。我看我们主任,主任也看我。主任相貌堂堂,很有男子气,也绝顶聪明,很少有人怀疑他的智慧。他周围的那些人都干干的瘦瘦的灰不拉几。鲜亮丰腴者多为女性。这些女教师绝对忠诚。节日的下午,她们带上娃娃和丈夫来看主任,主任家成了大花园。那些丈夫们都是黑西装,额前烫着刘海儿,鼻梁上有近视镜或变色镜,镜片底下笑声像泉水叮咚。他们的老婆不怎么样,但她们都很聪明。我听过她们的课,她们在大学里待过,她们发现课本不如卫生纸的时候,智慧就转化了,转化为现在这样子:记住各种节日,安排要访的人以及各种舞会。会上头儿们可以尝到各种妩媚,女性的娇媚就像富翁的钱财,部分可以搞慈善事业。妩媚不能全部贴给丈夫。我采访的那个矿区,就因为这种舞会出事的。丈夫发现老婆变味了,老婆的敏感区域被头儿们安上了窃听器,老婆们毫无察觉。下意识里的东西像定时炸弹,到时候才爆炸。引爆装置在头儿手里,好多家庭就这样毁了或者被丈夫们忍了。像我这种没老婆的人,很难讨主任的欢心。我跟我那个花骨朵未婚老婆分手,实为上策。

记者当惯了,干教师真不容易。那时我多么可笑,给中学生搞主题讲座,每周末一次,讲创造学讲方法论讲思维科学讲马斯洛的高峰体验。显得愈多受伤面积愈大。人们把"显能"叫"翘尾巴",我在宝鸡写长篇通讯把"尾巴"露光了,至今流血不止。

我的嘴铅封以后，主任见我面客气多了。我感到温暖。主任真是美男子，宽肩厚胸，相貌堂堂，肚子里装了不少暖气片，接近他就温暖。主任给我一支烟，我抽半截就收起来了。幸福得慢慢受用，细水长流啊，怀春的少女大概就这样儿。

主任只晴几天，事前我就有预感，我周身关节疼，疑神疑鬼，上课时训了几个学生，学生惊讶得像仰望长空的青蛙。我从未用如此恶毒的语言训过人，我的关节还在疼，我走进办公室，知道主任不高兴了。我很生气。这回是生我自己的气。显然，主任的每个反应都对我起作用。吃饭时我梗着脖子打主任跟前走过。主任叫我，我"啊"一声。

主任说："你病啦。"主任走过来，手搭在我头上："唔，好烫。"

主任摸半天，摸出一个小盒子："特痢灵，吃两颗。"

我竟然把嘴张开了，主任一挥手，特痢灵射进喉咙。特痢灵把我的怨气打下去，我一小时跑茅房五次。

新来的哈萨克族小伙子笑我："主任给你洗肠子哩。"

我说："听说跟你们哈萨克族姑娘结婚要洗肠子？"

"你想当穆斯林？"

"没有汉族穆斯林。"

"我给你找本《古兰经》，让真主保佑你。"

其实我有一本《古兰经》，那是真正用石头浇铸的声音，我们的骨头承受不了。

让主任顺眼才是，我要在这里生存。我想了片刻，都是下意识作怪。我桀骜不驯惯了，渗进骨子里的东西，脑子管不住，偶尔爬出来就要惹乱子。我现在清醒多了。作为下属，应该一步一步被主任征服才成啊，要么主任当不安稳。我的感情难以接受征服这个词。对抗情绪之激烈超出我的意料。我要很好地重视下意识。我刚才很反感征服这个词，征服的一般意义是男人征服女人。这个讨厌的词弄得我挺难受。这就是说，我身上有一种不利于主任的符号。一个人可以不说话，可他本人的躯体却是难以抹杀的语言，我没法去控制。我柔弱一点就好了。我的腰板太直，脚跟敲地板太响太脆，这便抵消了我的毕恭毕敬与和颜悦色。

关键还在于征服这个词，它指的是服服帖帖，里里外外从形式到内容的全部占领。男人得到女人的过程都是从肉体到精神。得到肉体而没有得到心，只是一种形式，得到心灵才是真正的占有。对了，我给征服找到相应的内容，我好好轻松一下。君子一日三省很有道理。

我的抵抗出自下意识，但很徒劳。下意识属于本能属于生命范畴，生命的时代早已结束。农村那些嫁给陌生男人的女子，要吃好几年拳头直到有娃娃才安心过日子。她们当中最早臣服的才是智者。城市人狡猾，在娘胎里就服了。现代人向往荒蛮，是对丧失童贞的幽怨。

关键在于想，好好想想就那么回事。男人征服男人完全有可能，有鸡奸么，与踩踏女性没有本质的差别。

趁天没亮，我得好好想想。到后边我绝不这么啰唆，我不再胡思乱想不再乱发议论，这些终归要消失，留给你们的都是简洁的形象。

我正讲着，学生说下课了，我点头下课。主任在楼道里，皮鞋锃亮，咯噔咯噔，我理所当然走过去。主任的目光很威严。我低头舔嘴唇，我应该让腰杆软活一点，让神态萎缩一点。主任看在眼里，主任笑了，招招手，我忙跟他进办公室。主任泡杯龙井，我喝一半，不能再喝，那样显得太贪，我双手捧着。

主任说："这些天忙什么呢，很少见你出门哇。"

"看书。"

"看书好哇，你是本科生吧。"

"是，不过没经验，跟老同志没法比。"

"嗯，好好干，前途无量。"

主任看我的眼睛，他得到了他所希望的神情。主任坐下，全身松散，像是经过一场搏斗。他的辖区归于宁静。主任合上眼睛。

今天我很愉快，我在人们眼中顺溜多了。我发现这座城市挺不错，白杨树高过楼顶，窗玻璃像树的眼睛。我走过西大桥，和平渠水流湍急。人变起来真快。我真喜欢这座城市了。孙猴子曾来过这里，人的种种变幻孙猴子早已演习过。孙猴子的胡闹只是人的狂妄与梦想罢了。孙猴子的智慧全在尾巴上。我的尾巴还在，我终于学会了夹紧尾巴做人的道理。我刚刚开始，我到红山拍一张照片，这是值得纪念的日子——九月二十八日。

饭量很好，睡眠很好，终于盼来了安宁。

上班我第一个看到的是董老师。董老师早我一年毕业，早我一年懂事。崔老师以及后面陆续上楼的，我一一认出他们，他们大都是六十年代毕业的和老三届，他们上楼梯是规范化的步子。我用仅有的那点悟性，领悟了他们貌似呆滞实则丰富的面孔。总有一天，我也会练出这种保护层。有了这胶质的保护层，就不会担惊受怕。我仅仅是降服，要达到一种修养还差很远。这是个痛苦的过程。这个过程是我要说的重点。

教育厅副厅长带一帮领导来检查工作，主任、校长陪着到处转。办公室里没人。我每天来这里看报。门外传来和蔼的谈话声，快到门口了，我躲在报纸后边。副厅长坐椅子上叫道："咋搞的么？"主任、校长结巴半天结不出来。我看见主任和校长脖子短了一截。两人诚惶诚恐，身子软溜溜，把平日里下属所奉献的好声气加以润色，和盘端出。副厅长说句什么，语气软许多。副厅长看见我，口气骤然一变，主任和校长又筛糠似的紧张起来。

开这种眼界对我没好处。我很难受。制服我的人起码是个有血性的人，起码是条汉子。主任说："当年我跟你一样，刚出校门，又生又硬。"主任在这一刻是真诚的，他的叹息他的幽怨打动了我，我感到害怕，他把我变为阴性人，可他比我还阴……我睡不着。我最清楚我自己，如果我是个纯种下属，就应该跟主任一起备受责难，而不应袖手旁观。我不完整，我只交出一半，另一半藏起来了。我无能为力，无能为力。像我这样的人很难把握自己，我很难随心所欲。这大概属于天性……天快亮了，我害怕……天亮了，太阳通体透亮像鱼雷，呜呜叫着撞我脑袋，我触雷了，我被炸成碎片。其中，一片落到乌鲁木齐。我黑黑的，我是一块陨石……我听到上班的铃声，我该动一下了，我沉溺在床上，是因为床板像一片汪洋，我深深地沉溺在那里。在宝鸡，在大山环绕的矿区，那些工人厚厚的嘴唇发出的叹息，他们受辱的妻子，他们干吗叫我看这些？我没结婚，我跟丫头正缠绵着，我干吗看这些？我在矿区待一礼拜，熬一个通宵把文章赶出来了，我跳起来，嘿，炸弹。头儿们把冒烟的炸弹丢回来，我就这样被炸没了。无论我的碎片落在哪，我的破裂声总跟着，萦绕不散。把伤口挣大一点就不疼了，而且很舒服。

我应该到教室去，在学生跟前抖抖威风壮壮胆，碰见主任时就好应付了。走到门口我发现我错了，我身不由己踅进办公室，看来我另一半真让主任给征服了。主任伏案疾书，知道是我，主任说："不要胡思乱想，你想得太多了。"

"我没想，我睡觉了。"

"你睡不着，肯定睡不着。爱想心思，你要想我也没办法，我只能在八小时内管你。叫你明白的是，你同时属于社会属于单位属于我的职责范围。"主任的粗铅笔在空中打旋，像天上落下一只鸟，落在他这棵树上。

三

我不再胡思乱想了，这是我存在的唯一途径。投入生活就要你付出全部的身心。你再也不会听到我什么了，我只存在于你的眼睛。

有人找我。我放下笔，揩脸上的汗。他站在我身后，我说："喝水自己倒。"他摇摇水壶，进水房喝凉水，自来水哗哗响。出来的是焕焕。

"水龙头滴滴答答，你睡得着觉？"

"是我不想睡，不关它的事。"

"我不是娘儿们，没那玩意儿。"

他找一把水果刀，在皮子中间破一个洞，到水房弄一阵把水龙头弄老实了。

我说："你挺能弄的，是姑娘我保证嫁给你，叫你每天弄。"

"那不把我的气儿放光啦？我顶讨厌水龙头滴滴答答。在宝鸡的时候，有个跑江湖的说我那玩意儿像上不紧的水龙头。人家尿尿刺刺刺，而你尿尿滴答滴答，我听见水龙头滴水就跑马。"

"你怪难受的。"

我从抽屉里找两根黄瓜，到水房冲冲。我们坐床上，靠着墙大嚼特嚼，像是吃肉。焕焕打个响嗝，我打不出，我是农村人胃口大。我说："你是来叫我开心吧？"

"出去玩玩。"

"去哪？"

"随便，走哪算哪。"

"不能太远啊，我没钱，"我说，"那帮哥们儿最近咋样？"

"老样子，不咋样。想他们你准没好事。"

"这咋说？"

"头儿给你灌一壶你得找人控诉控诉，解解气。"

我说:"焕焕,我羡慕你。"

"别上课了,顶没意思,我看见书就烦。"

"咱们走,走哪算哪。"

我们下楼,院里空荡荡。走到大十字,周围的面孔全都陌生了。焕焕爬栏杆把自个儿挂上边。我照他的样儿上去,身子折叠起来,果然很舒服,行人看我们,公共车从脚前拐过去离你很近,时间久了,一切都那么遥远,城市翘在脚尖,眼前是蒙了灰尘的皮鞋。焕焕说:"感觉咋样?"

"地球还没皮鞋大。"

焕焕说:"乌鲁木齐挺不错。"

我说:"太脏了,一天打三次皮鞋都不亮。"

"你去过铜川没有?"

焕焕家在煤城铜川,焕焕说:"我们那儿麻雀都是黑的,夏天不敢穿白衬衣,走一圈就成黑的了。"

"你为啥这么白?"

"我是在宝鸡变白的。"我们学校在宝鸡,焕焕高我一级。

焕焕说:"宝鸡的天真蓝啊,随便哪条沟里都有水,我命里缺的就是水。

"有人找我麻烦,我的档案到了。"

我知道是咋回事了,焕焕爱激动,档案里有点疤,激动结了痂可麻烦。我说:"把头儿喂好,没事儿。"

"现在没事儿,将来可就麻烦了。头儿巴不得你犯错误,错误带把儿,能把你捏在手心里。"

"焕焕，我只能陪你解闷儿，确实帮不上忙，我刚被头儿砍了尾巴。"

焕焕伸手摸我屁股，我的屁股很尖像口刀，焕焕摸我的尾巴骨说："这儿应该挂口青龙宝剑。"

"像古代的将军。"

"他们是皇上的奴才。"

有道理。人体应该有个东西来平衡大脑。人类进化错了，屁股搁在脑袋的另一头，是来抗衡脑袋的智慧的，屁股里是粪便。如果尾巴还在，尾巴就是一棵树，化腐朽为神奇。

跟焕焕待一起，特别有灵感。

我说："你写小说吧。"

焕焕说："我知道你的意思，发两篇稿子震震头儿们，好把我从贵妃提为皇后。当皇后的路子多着哩，玩小说太费劲儿。赵以疾当皇后啦。这小子又白又胖，脸红红的。"

我说："很快会瘦下来的。他从前可是个又黑又瘦的家伙。"

"他跟头儿混得不错，不过他命不好，颧骨太大。"

过来一位维吾尔族老太太。老太太很胖，像只船，慢慢移进小巷。焕焕纹丝不动。妖魔山灰蒙蒙像只大灰熊，风从岩石上吹过来，撕我们的头发，头发凌乱干涩，头发像夜晚残留的黑梦，阳光不能消融它们，我们无能为力。公共汽车五分钟一趟，仿佛逗号，点开我们的思绪，视野有了节奏。

《蛇岛》里有这样的镜头：树上的蛇如同树枝，石块上的蛇如同石纹。我们现在就是这种情景，没人理会我们，我们就像路口的交通设施。焕焕不写小说时常常在这上边垂钓。大街小巷和陌生人的面孔仿佛古老的象形文字，焕焕长久地看着读着，竭力垂钓其中的古奥含义。我想他有一天会成个疯子，漂漂亮亮的小疯子。

从街心鸟群似的压过来一大片，自行车摩托车。正是下班的时候，钢铁厂棉纺厂的大门里倾泻出各种色团，迅速濡染了大街，城市涨红了脸。我跳下来，搓揉膝盖。焕焕没动，我不想打扰他。肠子像蛇爬上喉咙倾诉饥饿，舌头颤如火焰。我把手搭他背上，他晃晃脑袋："我有病，我不能呼吸，我肺烂完了，我惹人讨厌。"他的脑袋轻轻地躲开我的手，像沉醉于空气里的气球。他悄悄睡着了，好像在对城市说悄悄话。我扒他，他轻轻落下，眨眨眼说："我做梦啦。"

我说："你是不是在梦中写作？"

焕焕说："我是超现实主义。"

我们到街心小摊坐下，每人一碗羊杂碎，一个馕。维吾尔族老头脸红红的，丰满结实。我们吃得很舒服。

四

焕焕走后，我在校门口停片刻。我点一根烟，路灯唰唰亮了，像忽然出现的河流。我靠在商店的橱窗上，烟团与夜色掺在一起，镶在灯光的边缘。咖啡屋和饭馆的门窗上彩灯闪烁，行人走得很轻，过往的都是斯斯文文的小车，行人的面孔慢慢熟悉起来。我走过大街，进咖啡屋找个靠窗户的座位。服务员说话我没听清，给什么吃什么。我接住浑圆温热的杯子，呷一口，味儿苦涩不太道地，像是咖啡茶泡的。服务员来来去去，这儿很安静。客不多，都是带女朋友的，头埋在一起，像最低音量的收音机，能感受到旋律就是听不清曲子。新疆娃娃都很单纯，他们喝奶子吃羊肉，个儿挺大面孔老。我们在口里就爱想啊想的，把个头禁锢了，我们显得年轻，只是皮肤好骨头不行。口里哪有风啊，空气里全是浓浓的屁。

对面的小伙子朝我点头，我感到很窘，我确实羡慕他和他的女朋友。那女娃娃皮肤黑，瘦脸，睫毛好长，我怀疑她是混血。小伙子招呼我，我过去，他俩的雅座就显小了。小伙子说："我听过你的课，你比老家伙强多了。"我以为他戏弄我，不像是。

这些天我总觉得很臭。

我说："你怕是尝到臭豆腐了。"

"她爱吃臭豆腐。女娃娃都爱吃这个。"

他指他的女朋友，女朋友笑，睫毛好长。

他说："你当然不认识我啦。学生你认不下的，学生能记住的老师也没有几个。"

我确实想不起他是哪个班的。

"我是职业班的，都说我们是渣滓班。我这阵子开车。"

"这是好职业。"

"听到了吧，我们老师说的，"他看他的女朋友，"她舅舅调我坐办公室，没调成，我都不当回事，她舅舅自己反而气倒了。"

"为你才这样子的，你好没良心。"

"你舅舅是为他自己难过,他不灵啦。"

小伙子从包里掏出好几罐啤酒,啤酒泡沫嘶嘶啦啦,很有诱惑力。

我说:"小伙子这么魁,开汽车才能显出威风。还是顺其自然。"

"那他还不飞啦,你瞧他多狂。他那帮哥们儿,都这样子的。"

"那你希望小伙子都软溜溜的,听话啊好宝贝。"

"你这老师挺怪的。"女娃娃笑笑,不生气。

我说:"有得就有失。当头儿就得忘掉大汽车,开车就当不了头儿。你亲自种地、打工,从事创造性劳动,你没有发号施令的对象,避免了指手画脚。"

"我们老师从不大喇叭似的吼。"

我说:"不光老师,专家教授演员都是这样子的,具体的工作富有人情味儿。"

"老师你曾讲过一个外国故事。罗马神话。雅努斯是个两面神,一面是独裁者,一面是奴才。是不是就是戏里的公公太监?"

"你悟性挺好。"

小伙子指给我看外面的大汽车,车停在电杆下边,是石油局的那种进口拉油车,比一般车高一倍。

"带空调呢,去坐坐。"

"让她坐,她挺不错的,她会喜欢你的。"

"已经喜欢得不得了了。"

汽车前后动几下,拐弯时我看见丫头扯小伙子的耳朵。

我回到我的座位。隔板上的灯像小樱桃。我想起大学时那个叫樱桃的女孩，谁都想吃她一口。我用手摸这个小彩灯又觉得它像鸽子蛋，像小狗的眼睛。我小时候有过一条狗。那条叫虎子的狗很温顺，后来叫水冲走了。我沿河走了三天，走出县界。我只看到两岸的青草和河面的泡沫，我一无所获。归途真是漫长，太阳把我的脑袋晒蔫了。我软塌塌地走在黄泥道上，猜想小狗的各种可能。几年后，在一群疾驰而过的狗里，我发现了虎子，它紧跟着一条壮健的公狗，原来它为了爱情逃离我，这种背弃使人难以忘怀，却很有道理。

我打量那位俊俏的服务员，她几次想走开。她的工作不允许她躲老远，她来来去去打我眼前过，她身上的味儿绝对不是香水，我闻香水头晕，那是体香。她过来问我要什么，我说："给什么就吃什么。"她端来一杯咖啡一盘蛋糕。

我说："不坐一会儿？"

她坐我对面。

我说："我吃一小块。"我吞吃的声音很响，蛋糕绵软，我吃棉花都能吃出响声。

她说："你是口里人。"

"不，我是玛纳斯人。"

"我看过《诈骗术1200例》。"

我擦擦嘴，望她一眼："我脸上有印记？"

"口里人总是魂不守舍。招聘的？"

"进口的。发现不对劲，又扔露天场啦。"

"没安排工作？"

"惹人厌，跟扔了差不多。"

"挺不错的小伙子么。你们大学生，没钱还爱发牢骚。"

橱窗噼啪响，快下班了。我说："你叫什么？"她瞪我一眼忙去收拾门窗。

我站街道边，行人稀少，路灯暗了许多，路面全是嗖嗖飞蹿的风。她出来，我们一起走。

她说："我叫李丽辉。你呢？"

"壮壮。"

"你一点也不壮，在新疆你可显小啦。"

我好久未搭理女娃娃了。我跟她在一起就像跟男娃娃在一起。我已经忘了这该有多么无聊，我有点后悔。她会以为我无聊透顶。

我说："咖啡屋常来我这样的人是不是？"

"常来。有哭的有闹的。"

"很讨厌是不是？"

"不，不讨厌。口里娃娃文雅多了。你没新疆朋友吧，跟我去见识见识，他们喝酒在行打架在行。"

打架是很遥远的事情了，根本回不到我身上，我对此不感兴趣。可我确实不认识新疆人。我说："在口里不敢这么贸然认识你。"

李丽辉看我。新疆女娃娃很男子气，没有遮拦。

我说："口里女娃娃毛病多，没过千山万水很难了解她们。"

"是吗？"李丽辉咯咯笑，"我跟伊敏是在马路上认识的。他老盯着我，我烦了，有屁事儿就说。他要请我吃羊肉串，我不客气,一口气吃二十串。我反而倒贴两块钱。我们就好上了。"

"你们好痛快。"

"就是么,一顿饭我贴进去一半,跟他得了。"

"我能认识他吗?"

"你想蹲监狱,他被判十年,进去三年啦。"李丽辉说,"我以前在银行工作。经理是个毛驴子,手下姑娘都叫他坏了。我开始不敢告诉伊敏,经理太贪,想一直搞下去。我给伊敏说了。伊敏挑了他的大筋把他给废了。"

"嗯,是个儿子娃娃。"

这会儿我的鸡巴像乌龟缩进肚子里了,我以前的未婚妻也受过经理欺负,我收拾她我没敢动经理一根毫毛,真的我没敢动。

李丽辉说:"他那帮朋友也不错。咖啡屋是他朋友开的。你第三次盯我脸蛋,我们小老板就掂着酒瓶站你后边了。"我打个冷战。李丽辉说:"他们正喝酒呢,叫我请你去。"

"你把我当流氓了?我这小胳膊小腿弄得动你吗?"

李丽辉笑:"我给他们说了,你是口里娃娃。"

"我们顶讨厌是不是?"

"前几天有个戴眼镜的小老头,跟你个头差不多,神经兮兮的,送我一本诗,油印的。"李丽辉递给我一本油印小册子,上面写着著者:荒原浪子赵以疾。

我说:"他是我同学,他把你当女诗人啦。"

"我懂什么诗呀。"

赵以疾说她们了不起,有可能成为阿赫玛托娃或者勃朗宁夫人。有几个挺不错的女孩跟他周旋一阵，发现自己很一般时便离开了他。

我说："他认为你了不起。"

"他就是这么说的。说我文静高雅，是有教养人家的少女。我老爸是扳倒闸的酒鬼，这阵子看仓库哩。"

"他说别人大概说错了，可把你说对了，你确实有股高贵劲儿。"

"为什么？"

"他眼力不赖，他很会买衣服。"

"他比你会打扮。"李丽辉上下打量我。

我说："再看我就跳起来了。"

"你是正人君子。"

停一会儿，李丽辉说："你受过什么刺激，你太老成了。"

"我可是标准的白面书生。"

"你不错，皮肤也嫩，你的眼神太粗了么，像塞满了沙子。儿子娃娃眼睛不打沙子的。"

"我不太注意自己的形象。"

"没姑娘爱你？不可能么。"

我的手从脸上摸到脖根，皮肉松塌塌，像穷人家的面袋。我说："我不想害人家姑娘，就分手啦。"

"这样恰恰害了人家姑娘。谈多久了？"

"她都结婚啦，没球意思。"脚下的石子被我压出一阵怪叫，夜阴森森的。火车站就在前边，我说："你走吧，我回去了。"

"去见识见识，他们以为你不行哩。"

我跟她进铁皮屋子。桌边围一圈小伙子，有个戴眼镜的南方人，李丽辉说："你们一路的。"

他朝我点点头："湘潭大学80级。"

我说："北方某高校81级。"

其他人点点头。我认出了咖啡屋的小老板，顶多二十岁。小老板说："来了就是朋友，入乡随俗。我们有义务把两位改造成道地的新疆人。"酒都满上，我瞅着拳头大的小瓷碗发怵。我撑下三碗，支着头不能动了。那个南方人脸色发白，脑袋晃来晃去吱吱呜呜唱着什么歌。这些醉汉开始划大拳，撤下小碗，瓶子直接灌。一会儿就喝成了大红脸，耳朵红嘟嘟鸡冠似的跳。旁边的红头发小伙拍拍胸口对我说："朋友，看见没有？"他用手一下一下从小腹量到脖根："朋友，一层肉一层酒，儿子娃娃是酒里泡大的。"

我说："你成酒精灯啦，头发梢里冒火焰啦。"他拉住我的手，喉咙粗大咕噜噜响："噢，朋友，你说得真好，那位哥们儿还尿酒哩。"他指对面的瘦猴，瘦猴很有点功夫，脚下湿一大片，他能把酒液从脚心压出来。

瘦猴说："你们教师不行。管得太死，又没胆子，让人随便捏。我说哥们儿，跟我们学两招，谁跟你过不去你就弄他闺女，勾引他儿媳妇，最好把他老婆弄个大肚皮，从种上就跟他平起平坐了。"

大家都笑："猴儿拉不出好屎。"

李丽辉说："他领伊敏把经理给废了。"

我说："警察不找你麻烦？"

"麻烦都是自己找的，我们这帮子够朋友。"

我说:"本色人不吃亏的。不像我们,不文不武,喘不过气来。"

楼道里漆黑一团。我站一会儿,这阵子会有人出来。那些酒液在肚里发热。我进屋,拉开厕所门,小便声很响。我弄一盆凉水开始擦身子。我从中学起保持冷水浴的习惯,直到那篇倒霉的文章把我弄塌窝了。好不容易适应了冷水的刺激,身子不颤了。我用干毛巾擦,鸡皮疙瘩消散,皮肤发红。我在屋里走两圈,打开窗户。我只穿裤头,风披在身上,皮肉紧绷绷还有点弹性,元气未灭。外边,夜班车朝这边开来,车灯扑上窗户扑上眼睛。我抬头看电棒,电棒刺眼,我关掉,插上台灯。墙上我的倒影很薄,像风中芦苇,我小了一圈。人的塌陷比地震厉害。一个细胞若是一个生命,那毁掉的可就太多啦。我把自己甩床上,枕边放着《茫茫黑夜漫游》。我看桌上那摞子作业。作业本就是我的命运。我知道我以前的女朋友到乌鲁木齐来了。她跟一位记者来的。她跟经理并非真有其事。可那篇文章是块心病。

这件事我至今弄不明白。我并非人家想象的那么单纯,会被可怕的事情吓破胆从而一蹶不振。不是这样的。我看过淫秽小说淫秽录像,看过后还浮想联翩,脏了几次被单。我还写过几篇很流氓的通俗小说,我想赚一大笔钱,叫编辑给退了,我才知道我不是真流氓。我看的想的写的都不是真的,都是他娘的脚后跟,青春期狂想症。可那篇文章就能毁了我。我到矿区采访。我跟踪一个酒徒,被他敲了一酒瓶,我躺在他家床上。他老婆吓得直哭。他把我当奸细了。我说:"我不是流氓,我不会勾引你老婆。"醉汉醒了,点头表示相信。他手可真狠,把我敲晕了,他老婆在我额头蒙块热毛巾。我说:"我是记者,来采访你老婆的。我们接到不少来信,说这里的头儿有不少骚猪。"醉汉说:"你听听可以,可别播出去。要不他们会扒掉你的鸡巴,也会扒掉我的鸡巴。"他小眼睛像刀子狠扎我一下,我用力过猛蛋儿吸进小肚,弄得我好难受。我说:"咱有这个,这是尚方宝剑无冕之王。"我晃我的记者证。醉汉说:"那玩意儿不是宝莲灯,老弟小心为妙。"

那是一个很偏僻的大厂子,围在群山腹地,濒临倒闭,厂里的头头下狠心弄来一笔贷款,背水一战打翻身仗,就盖起一栋豪华宾馆,招商引资引进技术。稍有姿色的女工全都安排在宾馆从事特殊服务,厂子还真的起死回生露出一线生机。大家都知道是怎么回事,为了厂子,为了生存,咬咬牙忍了。后来就不对劲了,厂里的头头们跟客户一起享受特殊服务,兔子变成大灰狼猛吃窝边草,吃得津津有味呀。于是就有了上访告状的事,就引来了跟狗一样嗅觉灵敏的记者,记者都是满载而归,泥牛入海。我是第三条跟踪而来的狗。我向酒鬼大哥发誓我是一条忠实的狗,一条忠实于人民的狗。酒鬼大哥相信我就对我实话实说:"客商只是玩我们的老婆,头头们可就缠上她们了,一回两回,没完没了,我们反而成了多余的家伙。嘴可以不吃,脑袋可以不想,这玩意儿老天爷都管不住。我们喝酒打女人,我们知道这不怪女人。女人看不起我们,我们不再是男人了,我们保护不了她们。"看守所有很多他们矿上的工人,大多是故意伤害罪。他们跟李丽辉的男朋友一样,为了做一次儿子娃娃,自毁前程……那天晚上,我关上门,在脚盆里烧我的采访本，天就黑了。天是这样黑的，采访本呼呼燃烧像鸦群，没有火焰，我就这样破裂了，我冒起浓浓的黑烟。死是容易的，变成乌鸦是容易的，我的采访本在嘶叫声中消失了。那些倒霉的日子里，我噩梦不断，我看到永恒的黄昏压在我的心头，群鸦乱飞。最后，主任敲开我的卧室，同志们等着我，给我开思想工作会，我平静地听别人发言，我不可能说什么，我没有语言，我只有景象，我望着吊在窗上的枯瘦的黄昏。然后我离开山城，钻进西去的列车，那趟车走了七十二小时，我觉得那是一列灵柩。后来呢，后来我一门心思想毁掉耳朵，剔除那些声音。我需要安静，那些声音弄得我心神不宁。当然，我不会学凡·高，用刀片割耳朵。那样只能放一点血，让自己的形象怪诞，吓不了谁的。那些声音还会再来。那些声音一来，我眼前就会晃出那些矿工，他们的女人赤身裸体，受辱后的伤痕仿佛古老的河道，静悄悄的。我属于鲁迅先生骂过的那种人，从手腕想到乳房想到大腿想到她们跟陌生男人犯错误。我的想象力害了我。我一度有过作家梦，把通感研究得淋漓尽致，以致后患无穷。

为什么要毁耳朵呢？耳朵和肾相连，肾是管鸡巴的，我不想叫女人对我失望。爱女人是我的最后挣扎了。全面的爱最后导致死亡。这个道理是我走出东戈壁时悟出的，我们去东戈壁埋一个神秘的老人，同去的两个朋友被沙漠吞噬了，我一个人出了戈壁。我亲眼看见一对黄羊欢爱之后，雄羊躺着一动不动，它的眼睛平静得出奇，仿佛回到史前的大地，雄羊回去了，回到它原始的状态。那是半年后的事情，我反复重温痛苦，沉溺在痛苦中不能自拔，这种强迫性重复的目的，就是要我像黄羊回到先前的状态中去。倒霉的是我领悟这些道理时，我又听到我的惊叫声，我又看见那不祥的黑色鸦群，而我的身边不是小卫不是李丽辉，是大戈壁，是裸露无遗的原始状态的大地。这些无生命的黑石头启发我继续我的思维。于是我想到我可能会变成黑石头，回到生命诞生之前的无机状态。

我就是这样一种人，固执地不断地重复那些痛苦的经历和体验。这不是我的本能，因为我的本能在惊吓中被毁坏了。李丽辉就是我的小黄羊，她来帮助我完成这个毁灭。

我之所以说那篇文章毁了我，关键的一幕在这儿呢……矿工们出去喝酒了，他们的老婆说："女人是贱虫。"她们说自己是虫子时，就像说月球上的东西。

她们说："就这么回事。都知道那是肮脏事，到时候还是顺从了。头儿们懂女人。"

"不顺从不行吗？"

"我们不是天真少女。头儿知道我们不是少女，厂里不景气，女工三十五岁就下岗，我们相当懂事了，知道生活是咋回事，不就是为了个家么，鸟窝似的家经不住一脚。我们知道的头儿也知道。头儿还知道有了第一回就有第二回。不由自主地服他，尽管你恨得要命。"

我正处青春期，嗜爱黄色故事，照相机、微型录音机一起上，还有那颗极其聪明的脑瓜子，跟核反应堆一样发出一片轰鸣。

有一个女人问我："你没结婚吧。"

我说："我刚毕业么。"

女人们一起问："你没沾过女人吧。"

我慌得发抖，她们互相看一眼，有个女人突然说："这回你可真倒霉啦。听这些对你没好处。"

回宝鸡，女朋友在车站等我。我才明白那个女人说对了。我闻我女朋友身上有股味儿，我跟她吵起来，在大街上，女朋友吓坏了。街上的人乱起哄，后来就不吭声了，像炸弹的声浪揪掉他们的耳朵，全都傻傻地张开嘴巴。后来酒鬼带一帮矿工来看我，酒鬼说："哥们儿够意思，替我们出了口气。可你牺牲了比生命更要紧的东西。"酒鬼压根儿就没醉，那时他就看出来了，我会一蹶不振，我会全面塌陷，那玩意儿会萎缩。

酒鬼说："我知道是咋回事。插队时我就知道啦。我老婆被队长叫去三次，跟她住一起的丫头肚子大了三次，那时我就完啦。"

我干一碗酒，我说："没事儿，没那么严重。"

我刚跟女朋友分手，一身轻松。我把事情简单化了。后来，我采访过的女人又被出卖了一次，报社跟厂子讨价还价后达成共识，矛头对准我。要收拾我太容易了，只要把我采访过的女当事人稍微曝光，她们的丈夫就受不了啦，斗争的大方向就移到我这边了。愤怒的丈夫们先揍自己的老婆，然后挥师北上，来报社揍我，我从窗户跳出去躲进女厕所，那会儿我就像粪便，盼着叫水冲下去，冲进下水道，永远别出来，我吓坏了。

主任说："你稀屎拉一大堆，大家跟着受难。"主任叫报社的铁笔杆主笔，写编者按以脱责任，我就这样走上绞刑架。编者按的结尾我能背诵下来：攻击改革者最厉害的一招就是我们的国粹——男女关系，以此来达到罪恶之目的。

我一直把我这些看得很淡，我不想女人，不惹人厌就行。我不认识李丽辉，我或许永远不会有任何烦恼。她像酵母，把我给弄起来了。我想小卫，我原先的未婚妻。我的头不晕了思路不再零乱。窗玻璃薄了许多，黑夜兜着一汪清水，我是不是星星？外边有个维吾尔族人唱醉歌，他摇摇晃晃，夜在他那儿是美丽的。他看路灯，然后抱住电线杆呼呼大睡。我爬起来，坐桌前批改作业，这才是我的角色。批些什么，我不清楚。我改作业可以打发空余的时间。效果不错，终于酿制出瞌睡，我的脑袋像酒坛，咕噜滚枕头上，我睡得很香。

五

今天我很笨，见了主任不会打招呼。大概受了车站那帮酒鬼的影响，我怀疑我会不会像李丽辉的男朋友，用刀子去挑主任的脚脖子。我想，我真有了老婆，主任那魁梧的身坯跟她跳舞我准受不了。我不配拥有老婆，就像我不配拥有自己的思想。我说："主任你好！"他竟然很高兴。我这句问候话很干脆，所以主任喜欢听。我的同事们抽鼻子，我超过他们啦。他们都有一张乖嘴嘴。我发现，女的越丑嘴越甜，俊俏娘儿们从来不用嘴，她们用眼睛用嘴角用腮上的酒窝就能把头儿灌醉。我发现男的殷勤备至，足以弥补专业上的缺陷与应付工作强度。智慧那玩意儿很管用，就看你怎么用。主任还在回味我的话，似乎我聪明多了。我正难受呢，我亵渎了智慧的尊严。其实主任对我们的要求并不高，听话就是乖娃娃。

主任听我的课，我把上过的重讲一遍。学生厌烦我不管他们，听课是给头儿们讲，你们烦什么。主任说教学效果不错，这次局里检查就听你的课。

我说："绝不给主任丢脸。"

主任兴致颇高，问我最近忙什么。

我说："我水平有限，只会混日子，总觉得自己不行。"

"你太谦虚了么，啊，哈哈哈。"主任发现我既无心官场又无心发财，主任就放心了。

我已被他降服，下一步就是发展为心腹。这点我不敢马虎。我没有被发展为心腹的条件，我没上进心。如果我想弄个科长什么的干干，主任才好加以引导，从而淋漓尽致地施展驾驭术。我的脑子在宝鸡时给弄乱了。上大学时我看马基雅弗利的《君主论》，看韩非子，加之读了几本鲁迅，就知道我不适合这门科学。我实在想不出我对主任有什么用。我不想有什么用处，有用就会有无用的时候，我自个儿都没法用自个儿。不过我绝对听话。我心里说："主任，咱不会跟你捣蛋，咱要捣蛋可以去没人的地方捏土坷垃。"昨天选职代会代表，规定由群众提名，主任问提谁。谁提？没人吭声，主任提了几个叫大家举手表决，每次我都举双手，主任很高兴。

我说："主任需要咱帮忙，吭一声就成。"

"没什么没什么，随便聊聊。"

有些人只能用不能聊，有些人只能聊不能用，我属后者。

我跟主任上楼，主任家没人。主任端只熏鸡一盘花生米，一瓶红酒一瓶白酒。主任说："你们口里人不行喝红的。"主任面露晦气，我猜想他官运不顺。前几天有消息说他要升副校长，不知咋给黄了，开始我拘谨，主任不理我，喝得曬曬响。我喝两杯，脸上湿了。

主任说："我看得不错，关公脸肚里不存邪货。"

主任开始大骂校长，骂局长，局长是个女的，主任说："女人到更年期就该退休。她们闭经，也想把别人给闭了。"

我说："主任是老牌大学生，专业硬，搞研究么，干吗一棵树上吊死。"

"专业？我们有啥专业？我当了二十多年右派，人都磨圆溜了，专业早见鬼啦。"主任嘴巴歪下来，我有点晕。一晕就坏事，记者脾气犯了，想弄险。主任要酒，我把红酒白酒兑一起递给他。他仰脖灌下，敲打脑壳："专业跑光了。可我不吃亏，他们整我就得露出整人的路数。咱这脑袋里装过电磁学，要装治人之道，可以装几百万。"

我说："都用我们身上啦。"

"往哪用？你说往哪用？"

"用我们身上么。"

"这就对了，听话才是乖娃娃。"

主任比我醉得厉害。主任歪在沙发上呼呼大睡。我喝两杯浓茶，进厕所。我尿得很放肆，尿液黑黄，尿臊味儿飘出去，扑上主任的嘴和鼻子，主任打喷嚏。我紧张极了，我想象主任被整治的景象。我说："主任喝水。"主任头转过来，像小熊搬木块，抱起杯子咕噜咕噜喝下一半。我小肚子抽筋，噗噗射出一串臭屁，像无声手枪。响屁不臭臭屁不响。我看见我的屁是咖啡色的，翩若惊鸿矫若游龙，冲进主任的喉咙。主任的眉结真大真精致。"呛死我啦，这股子臭屁。"我向后一跳，拉开门，我失控了。我跑出来，楼道被撞得扭扭歪歪。

我灌半瓶醋，到厕所里，熏鸡和花生豆鱼贯而出跃入茅坑。吐液长悠悠像我的胡须，我在吐我的五脏六腑，吐完后我就成了一条平静的河流。逝者如斯夫，不舍昼夜，我终于平静了，像一块石头。

我批改作业，主任进来。主任说："你的屁好臭啊。"我没吭声。

主任说："你脸色这么难看，你喝醋啦。"

我闻自己酸酸的，我说："读书人不酸不算读书人。"这会儿我腿肚子抖起来，血液开始流动，我知道要出事啦。

"主任，我不是有意的，我喝醉啦，耍酒疯。"

"没什么，我喜欢醉酒的人，不醉才怕哩。诸葛亮用人就用酒试验。"主任拍我一下，"你的屁好臭啊，简直是一服药剂。你受过什么刺激没有？"

"我过得很好，主任。"

主任看我的脚："你还没有醒，酒把你弄糊涂啦。"

我紧张得不行，主任确实没当回事，我确实把他熏坏啦。

"我从来没有闻到过，人上了年纪，肠胃溃烂，消化功能衰退，能把美味佳肴变成臭不可闻的东西。一般老人都喜欢吃素食。可有些老人至死有副好胃口，喜欢大鱼大虾，喜欢美味佳肴。这些老人当年都是些干才，是有本领的人。"主任坐下，弄他的斯大林烟斗，黑色有机玻璃烟斗像手枪，他只是摆弄。他说那时他刚回乌鲁木齐，跟厅长坐一个办公室："厅长的屁特别多，我说你应该活动。我介绍了一些养生法，他领悟很深，食欲大增，可他的臭屁依然如故。我才想到，人只吸收对自己有用的东西。人不会认识到自己的缺点，只会感到那是个特点。特点是一种象征，杰出的人应该保持特点，让特点成为自身力量最尖锐的部分。你征服他的特点就能征服他的一切，这正是杰出人物的高明之处。想到这些，我再也产生不了捋虎须的非分之想了。重要的是把智慧化为习惯。所以，我对你的臭屁非但不生气，而且感到欣慰。你是个有出息的人，你使我想起了老厅长的风采。"烟斗里塞满烟丝，主任说："烟斗一直空着，今儿给它喂些草。"烟斗飘起一团微火，像一条黑狗在吐舌头。斯大林烟斗，他竟然是个安详的老头。

我的电话，职业中心打来的，赵以疾叫我乘公共车赶到南门，我看见赵以疾在路边。赵以疾缩在风衣里，学杜丘的样子。他给我烟，我不抽，我说："买衣服？"

"去书店。"

"我刚去过，没啥新书。"

"去过正好，帮我找找。"

他走进林带四处看。我跟过去，我说："这么急，干吗呢？"

赵以疾说："你和焕焕看的怪书多，焕焕来灵感走不开，你帮帮忙。"

"你说么，干脆点。"

"谈领导艺术的。"

"你能当官？莫不是给人家当幕僚？"

赵以疾不理我。

到南门书店，赵以疾去女服务员那里打问，三问两问走不开。我到书架上找，找不到。丫头穿黑背心，胳膊白嫩，望着我笑。我过去，赵以疾说："她们早卖光啦。"赵以疾不想走，丫头身上的香水味儿像烈性农药，她跟前摆一摊通俗书刊。我找出一本《中国历代宦官》。

赵以疾说："你正经一点，送人的。"

"你看看就知道了。"丫头说，"这书实惠，比领导艺术强一千倍。"

赵以疾不大相信，我扔下书就走："不行算了。"我先走出去，我看见赵以疾把那书捡了起来。

下午，赵以疾来找我，我刚下课。赵以疾说："你好眼力，确实是本好书。"赵以疾是他们科长的智囊，书是送给科长的。焕焕给我讲过赵以疾的头儿，年轻有为刚提拔的代理科长。

我说："你们科长这个不行？"

"不行还当科长？老兄你太愚啦，好像智慧就在专业里。"

"你知道你们科长为啥要沾你，他要借你的脑子，你的脑子挺不错。"

"你别刺激我。"赵以疾一生气脸就发黑，像个干鬼。

我说："要生气到厕所里去。"

赵以疾走了几圈，说："我没气了。你得承认，你确实把我刺疼了。"

我从床下抱出一个西瓜，切开一人一半，用饭叉挖着吃。赵以疾拿出他女朋友的相片给我看，这是他第二个女朋友。我扔过去，我说："我不想看。"

他头一个女朋友个头很高，快结婚时他犹豫了。他说他忍受不了高个子女人，他有点怯。丫头性感但却温柔。那次我们一块去看电影，丫头走不动，捂着肚子蹲地上。赵以疾生气了，走得飞快。我猜想丫头准是来了例假，我在宝鸡跟小卫好过三年，知道丫头的倒霉病。我说："你去看看，她不方便。"赵以疾显然知道是咋回事了，我给他借过依田新的《青年心理学》和《性知识手册》，他不会不知道。

路上他很少再理那个丫头。吃饭时，他坐我跟前，我说："你怎么啦？"

他知道他该坐哪儿。他说："我头晕，坐窗口舒服。"

他只吃他跟前那盘红烧豆腐，烤肉他不动，他平时最喜欢吃烤肉。那丫头绝对地聪明，绝对地自尊，绝对地有涵养。丫头吃完饭说声"谢谢"走了。

我说："赵以疾，你下午去找她还来得及。"

赵以疾尝两口烤肉，很痛苦，他从不放过任何一次美餐的机会。

我说："你听见没有，现在有涵养的丫头凤毛麟角。"

赵以疾不吭声，慢条斯理，我真想揍他。他曾给我说过，他身体不行，找个护士最好。这丫头刚从护校毕业。现在又弄一个丫头来。我夹住他的鼻子把他揪起来，他叫两声推开我。他说他来灵感啦,没法照顾丫头的小脾气。他要我去看他的诗,我说:"你小子撒不出几泡尿。"

赵以疾领我进二建办公楼。我在一楼看报纸,他非要我上去我不去,我翻看报纸。给他打印诗稿的准是俊俏姑娘。这里的姑娘确实漂亮。赵以疾在乌鲁木齐与我首次相逢,就说"宝鸡姑娘都是猪八戒他二姨"。他很亢奋,他确实发现了生活的乐趣。赵以疾从楼上下来,我说走吧,他要歇一会儿。

他报纸看不进去,他说:"她下来了,你看好。"

楼梯口一亮,飘下一位白净的姑娘,身材苗条,牛仔短裙,叫人怦然心动。她径直走出大门。

赵以疾说:"咋样?"

我说:"她不适合你,她是属于高干子弟或个体户的。"

"她请我跳舞,还朗诵我的诗。"

"口里人就像进口货,她尝个鲜罢了。"我相信我的眼睛,赵以疾很凄慌。

第二天,他抱着他的诗稿来找我。我们是在街头见面的。赵以疾死盯着一辆蓝鸟,我看见里边坐着二建办公室那个丫头。赵以疾的诗稿挺厚,电脑打印的,字迹漂亮醒目。标题下一行小字:"献给L.D.W"。

"这个娃很怪。"我说,"怪味豆好吃是吊胃口的,吃下去烂肠子。"

赵以疾说:"这种姑娘才叫姑娘。我喜欢有个性的姑娘,身上有音乐有节奏,能反驳我能跟我辩论。"

赵以疾十分伤感，我说："我们都不是好骑手，有情愿跟我们受罪的姑娘就不错了。"

"你干吗这么自卑。你在宝鸡那个女朋友来乌鲁木齐了。她说你抛弃了她。"我知道小卫来乌鲁木齐，我没敢接她的电话。

赵以疾说："好歹是个本科生，在乡亲眼里咱是皇榜上的人，连个体面的城里姑娘都捞不到，有何面目去见江东父老。"

这天，我们站在和平门，这儿的街道真宽敞，民族大会堂据说是亚洲第一流的。

我说："你朝大街看，我们站这算什么。"街真宽哪，小车压过来像一支大军，车窗像巨人的眼睛。

我说："我们算什么，我们什么也不是，什么也没有，包括爱和真诚。"

我们去回民饭馆吃牛肉面。赵以疾要我陪他去丫头家，我听不明白，他说："就是那个护士，那天不是闹肚子么。"

"你在做梦，还想去见她。"

"她那天下午就来看我啦。"我知道是咋回事了。

赵以疾说："她把打好的毛衣送来了，手艺不错呢。"

"听我说，你去准噶尔大厦买条裙子送给她，这事就算完了。"

赵以疾来回走，很痛苦。

我说："你刚吃了闭门羹，嘴里又苦又涩，想找解渴的东西，玩物丧志玩人丧德你知道不知道？"

"你陪我走两圈，我心里乱极了。"

我们过西大桥，和平渠的水从天山直泻而下，像条钢青色的铁轨。我们在渠边坐一会儿。赵以疾受不住急速的流水，差点掉下去。

我说："你喝醉啦。"

"谁知道，好像它要把我拉下去。"我们进公园遛一圈，从哈哈镜里出来，赵以疾沮丧得不行，不时地拉领口，领子像疯狗耳朵。

我说："脱光算啦。"

赵以疾说："有支枪就好了。"

我不相信我的耳朵，枪和刀子属于有血性的人。赵以疾说："我要有支手枪，我会站在大街上朝天搂一家伙，把人吓一跳，叫他们都看我，看三秒钟我就满足了。"

"你脱光衣服，把那玩意儿拨硬，像杜丘那样一直往前走，往蓝天里走，路边的石子都会成为你的知音。"

赵以疾脸色发白。我说："你总想结交红粉知己，你就没想过蚊子都能成为挚交。你见过焕焕的蚊子朋友没有？蚊子是解闷儿的专家。尤其是晚上，睡不着觉的时候，你别关灯，你跟蚊子趴在灯泡上，那片光明比生命还要灿烂。"

其实，夜晚我的房子是黑的，我躺在床上像阵亡的士兵。

走到巷口，赵以疾说："她家在里边。"

"你去吧，我在这儿等你。"

赵以疾快步走过去。这儿是工地，吊车像热带草原的长颈鹿，摇摇晃晃。我敢说，这是他小子一生中真正的初恋。我走过大街，走进小巷，里边阴暗潮湿，走几分钟，眼前一亮，一大片平房，向日葵从土块垒的矮墙里伸出来，秆柄粗黑，果面肥厚，太阳仿佛走进一片沃野，十分烂漫，葡萄铺上屋顶，叶片盈盈飞动盛满清风。门口的小路夹在鸡冠花里，那扇刷着天蓝色油漆的铁皮门就是小护士家的。我陪赵以疾来过，她父亲是机械厂的工人，她说她家盖房子的土块是老头一个人打的。

赵以疾过来，他只进去五分钟。我说："这院子多么朴实，你再也来不了了。"

"她说我们还是朋友，欢迎再来。"

"那你就来吧，你真好意思说这话，你想进吉尼斯世界大全是不是？"

"我知道你看不起我。"

"在丫头心里你应该是个儿子娃娃，特别是这种丫头。"

赵以疾说："喝两杯去，我太难受啦。"

我们走过大街，在大十字，我看见长长的栏杆沿街道倾斜旋转。焕焕经常独个儿挂在这上边，像快咽气的夕阳。赵以疾说："焕焕模样不错，可就是个吃素的。"我看见街道那边有两个丫头，水嫩光艳，如同夜色里挺拔的蜡烛。赵以疾朝那边看，脖子像雁，女人对他的吸引力真是刻骨铭心。

我说："那丫头真不错，你想认识，勒紧裤带冲上去。"

赵以疾眼睛好细，钢丝一般若隐若现。我说："开始当然要吃闭门羹，你若有心，就把那羹吃了，吃得津津有味，引起她的注意，请她跳舞或者看电影。然后你不辞而别，几十天后再突然出现在她跟前。这时你要不修边幅，破破烂烂，眼睛充满忧郁，说话一声三叹。她就不吭声了，这时你可以提任何一条要求。"

赵以疾打量我。我在宝鸡就是这样开始我的初恋的，不过那丫头没有叫我吃那么多苦。

那俩丫头过大十字走进商场。赵以疾说："那是一片风景，看看可以，动不了真。你说的都对，可过程太难了。"

"你找寡妇得了，都是现成的，不用你费神费劲儿。"

"文明一点么，你太粗了。"

"你应该对我粗点儿，对丫头细一点儿。你在丫头跟前总是大吼大叫，硬汉不是这样子。在单位在上司跟前唯唯诺诺，在家里当法西斯。你谈一百次也成不了，你好好歇歇，你刮宫太多了，怀不住娃娃。"

赵以疾一个劲叹气："我的神经好像琴弦，你总想拨弄两下。再拨弄我可就断啦。你是个迫害狂。"

我们走进咖啡屋。李丽辉说："你失踪了？打电话老找不到。"我说："有点事。"赵以疾在雅座里望我们。李丽辉忙别的座儿，另一个丫头给我们咖啡。赵以疾说："你认识她？"我点点头，喝两口咖啡。我忽然感到这地方很无聊，咖啡是假货，来客都是假装斯文的人。

赵以疾说："你想什么？"

"你们科长，你不是让我见识过吗？"

"你总不服人，其实你很迂。"

"你以为职位就等于才能就等于智慧？你知道你们科长是怎样上去的？就因为他平庸。接班的都是他们，平平庸庸忠厚老实，叫人放心。"

赵以疾的眼睛找李丽辉找不到，我说："小心把眼睛裆扯破了。"

"你认识她？"

"你问这干什么？"

"她叫什么？"

"你给她献过诗还不知道她名字？"

"你不告诉我算了。"

我看李丽辉在帘子那边，把兑好的咖啡放盘子里，给端盘子的丫头说话。丫头走过来，把那杯咖啡放我跟前，给赵以疾放一杯，那丫头望我一眼走开。

赵以疾不动，我说："愣着干啥？"我先喝，赵以疾看我的眼神很奇怪，他忽然说："那丫头像樱桃。"

"你这么钟情樱桃，喉咙都发颤了，像绵羊叫。"

"你别刺激我好不好？怎么像绵羊叫？不会高雅一点？"

赵以疾压低嗓门说："你认识她，就是不告诉我，我可只这么一次。"

"她不是樱桃，你眼花啦。"

"她很有魅力。"

"她是个不错的女人。"

"她的气质简直跟樱桃的一模一样，优雅而且自然。"

我想起刚才看到过的朴实的屋子，我说："得到她将是我最大的福分。"

"就是。"

"你是不是爱上她啦？你要弄清楚。"

"我不糊涂。"

"你别忘了，你咋离开那条小胡同的？"

"跟小护士不一样，她跟樱桃是一个人。"

"她早不是处女了。"

赵以疾打我一拳，我把他拨回座位，我说："她跟人同居半年，那人被老警抓走了，她要等他六七年，她有时候不免要解解闷儿。"

"你就这样说她！"

"说她高雅文静是有教养人家的闺女？"

赵以疾瞪大眼睛，我背一首他献给李丽辉的诗，我说："行了吧，还想听一听？"

赵以疾抱头坐下："我有点激动，你别生我气。"

"这就好，我们吃点东西去。"

我们到维吾尔族人小摊上吃烤包子，喝奶茶，然后分手。

六

门房赵老头叫我接电话。我跟他下楼，向他道谢。赵老头说："丫头声音真好听。不像新疆丫头，说话都是一个调调，不是香香的就是臭臭的。"小卫的电话。

老头说："你没见过骆驼眼是吧？"

"我见过骆驼，没仔细看它的眼睛。"

"就是么，你在车上老远看顶啥用，跟骆驼待一晚上你就知道啦，骆驼眼是最滋润的眼睛，双眼皮，黑溜溜的，像戈壁里的泉眼，那里的人把泉叫骆驼眼。找你的丫头眼睛很漂亮，声音是从眼睛里筛出来的。"我接电话，赵老头眯着眼躺在背椅里。我不知道咋开口，我抓着话筒愣着。

小卫说："你没事吧？"

"我没事。"

"十二点我在西大桥等你。"

十一点，还有一小时。我竟答应她啦。再一想，她是张记者的未婚妻，熟人见见面也没什么。

我翻报纸，赵老头拼命咳嗽，挤一小块痰真不容易。他蹲地上，凑近痰盂，哐哐哐哐往里咳。他头顶只有几根毛，头皮发红，像没有熟好的西红柿。他曾是主任的上司，他把主任改造成对他有用的人，使自己的后半生有了依靠。主任始终对他毕恭毕敬，像对年老的父亲。没人敢轻视他。他的身上全是经验与力量。

我不怎么记得小卫了，我只知道那是我的一块心病。在遥远的关中小城，我突然发疯离开了她，仅此而已。这时，我看见小卫黑溜溜的眼睛，我刚才没大注意赵老头的话。小卫确实是双眼皮，是不是骆驼眼呢？像湿漉漉的雨滴，飘打在我额上，我一时找不到恰好的词去盛赞她的神情。她的耳朵，她的头发，她的手，她温热的胸口，那都是我触摸过的地方，我的手指弹跳起来，可我的脑袋不行，我拼凑不起一个完整的小卫，一个神采飞扬的小卫。

　　路过咖啡屋，我进去喝一杯。焕焕在这儿用早餐，他头发乱蓬蓬，我说："又学蛐蛐叫啦。"我们把熬夜叫学蛐蛐唱歌。"好久没看你的小说了，带几篇么。"

　　焕焕说："没意思，还不如到吐鲁番遛一趟，愿意的话我们明天走。"

　　我点烟，递给焕焕一支。

　　焕焕说："我知道你囊中羞涩，我的钱没处用，跟我走就是了。"

　　李丽辉老远里喊："嘿，不要点别的？"

　　我说："我从来不吃早饭。"

　　李丽辉走过来："你们俩都是瘦猴儿，新疆饿你们啦。"

　　焕焕说："我们吃的是空气放的是屁，再糟蹋粮食那就对不起老乡喽。"

　　我知道焕焕犯病了，放他走掉。

　　李丽辉说："他整天神经兮兮的，你那帮朋友都是精神病院里跑出来的。"

　　"把我们枪毙了你才甘心是不是？"

　　"你也犯神经，你别理我好了。"

　　时间竟然不动，还是这么一个小时。我在西大桥遛两圈。看看红山。在宝鸡时我就这么等她。她总是姗姗来迟，见面三次后就不了，很随便。十一点一刻，小卫当然不会出现。桥上人来车往，我把烟抽光了，我把该遛的地方都遛了。其实在新疆，我没安静过。是我结识李丽辉的，当时她在躲我。今天得罪她干吗呢？

我走过大街。我看见李丽辉倚在咖啡屋门前的栏杆上，朝这边看。

我走过去说："我向你道歉，不要生我气啦。"

"我没生气。"

"老板不管你？"

"现在客少，你等谁呢？急猴儿似的。"

我说："我没课，到桥上看看。"

"等一个姑娘，对不对？"

我知道是赵以疾说的。

李丽辉说："等姑娘要原地站着，这样乱跑太危险啦。"

我说："有酒没有？"

李丽辉领我进去，到内屋，有一张铁床，李丽辉从床下拉出一个纸箱，扔出一瓶伊犁特曲。我哑两口，她抓过去，对着瓶口嘟嘟像号兵吹号，说："有时候不喝两口还真熬不过去。"

我说："我走啦，谢谢你。"李丽辉坐床上，脸色发白，我说："你没事吧。"

"躺一会儿就行了，你走吧，别坏了好事儿。"

我走过去，车门打开，伸出一只手："不认识啦，快进来。"小卫这身打扮确实漂亮，细花裙子，针织套衫，她的睫毛总使我想起田塄上的蒲棒。

小卫打量我一会儿，说："我看见你啦，从咖啡馆出来。你一点没变，你感觉咋样？"

"不错。"

前排坐的男青年转过身跟我握手。

"我叫张毅力。我们早认识,你的重磅炸弹是我发出去的。"

"好个责任编辑,你倒霉啦。"

"充军新疆。"

我很吃惊,我的责任编辑跟我像极了,小卫真会找朋友。

我说:"你是发配新疆?"

"短则半年长则五六年,算是处分吧。你老兄也真是,跑了干什么?"

"我吓坏了,告状的是那些工人,到报社揍我的也是他们,我还没活够呢。"

小张说:"你跟我想象的一模一样,果然一见如故。"

我说:"小卫,你不要工作啦?"

小卫说:"我还能待宝鸡吗?小张也说我们经理心术不正,满脸痘儿,一颗痘儿射杀一个女孩子。我敢跟大灰狼待一起?"

我说:"你们去哪?"

"中亚饭店。小张是个人物呢,赴南疆采访,送的人真多,你也来凑凑热闹。"

我们进去时,里边人都满了,大多是驻疆记者。小张说:"我去应酬,小卫陪你,失陪了。"我和小卫到角落找块安静地方坐下。小卫叫来许多好吃的。小卫撕鸡腿给我,我吓一跳,主任家的鸡腿把我吃怕了,叫我永世难忘。

小卫说:"你现在没事啦?"

"我没什么事。"

"我是说宝鸡那件事，对你刺激太大，我是后来知道的。"

我吃两颗花生豆。

小卫说："你喝酒啦，咖啡馆还卖酒，这地方真怪。"

"碰一个熟人喝两口，我还没喝够。"

我打开白酒倒两杯，我们碰一下。小卫抿一点，我说："女性少喝为妙。"

"我看见你跟一个女孩在一起，她的侧影很漂亮。"

"她很漂亮，闲着没事跟她聊聊。"

"你太浪漫了，不了解你的人难以相信这一点，你从农村出来真不容易，你不能这么毁了自己。"

"不是的。感到无聊就得跟人说说话。现在好了。"

"这儿对你不好，我们出去。"

"你怕刺激我？你真这么想我？"

小卫眼瞳里的小蝌蚪不见了，我看见一片光泽。

小卫说："出去走走不好吗？"

我们离开饭厅，有人朝小卫喊："喂，还有舞会呢。"小卫朝他们招手。我看见小张跟几个老头说话，我想走开。小张突然转过身叫我。我走过去，小张拍我肩膀，对跟前这位老头说："他就是文章的作者。这是新疆大学中文系黄教授。"我和黄教授握手，黄教授说："小伙子很有魄力么，多年不见这样的文章了。对男女关系一般都是就事论事，很少有人发掘它的精神内涵。你做出大胆的第一步难能可贵。看来你对心理学很有研究。"

"谈不上研究。我爱好文学,偶尔看看心理学。"

"哪方面,能否仔细说说?"

"法国福柯的《癫狂与文明》。"

"你对离轨行为感兴趣。这是拙作,请斧正。"黄教授从包里取出一份打印好的论文,题目是《人的裂变,人与其影子的关系》。我吃一惊,我望小张,小张说:"黄教授行文极为谨慎。一旦动笔,石破天惊。"

我说:"教授,你认为人周围有一圈影子,人有一个卫星系统。"

"正是。你的文章给我启示不小。人不是唯一的,他飘忽不定对自己难以把握,那些影子就是他暂存之处。我感到迷惑的是,这些影子会不会移到他人身上,或者与他人的影子合并,这样他们的下意识在某些方面就是同构的了。"

我和小张相视良久。我说:"我读过以后咱们再详谈。"黄教授告诉我他的地址与电话号码,我跟小张说了声,离开大厅。

小卫在车子里朝我招手,我进去。她把车向后打,车子抖一下,开上大街。我说:"你变化真大。"小卫的背影漂亮极了,她盯着前方:"你过来。"我坐她后边,她右手紧紧捏住我的手。一辆大轿车擦过去。我们紧紧相握。她盯着路面,她的目光从后颈和耳朵里反射过来,我们默默相视。我说:"我们去哪儿?"

"兜兜风,我太难受了。"

七

她左手握方向盘,另一只手与我相握。树木稀落。房屋零乱。我们到了郊外。大卡车多起来,响声震天。葵花地亮晃晃地在远方不时出现,草里的羊黑乎乎的。柏油路把松散的原野弄得很紧凑,线条分明,我们能看见大地的轮廓。阳光没有遮拦,我看着她,她的脸清晰极了,她脸色苍白,阳光涂抹出她脖子的线条。外面没车,我吻她的颈,那里飘起一串旋涡。旋涡里埋着我过去的吻。我吻她的脸,我找我留在这里的东西,它们都回来了。车子抖一下,离开柏油路,车窗唰唰响,车子停在骆驼刺当中,沙包上的沙粒像散落的石榴籽,散发太阳的芳香。整个荒原热腾腾。我们默默相视,嘴唇紧贴在一起。她转过身,头埋在方向盘上,我们相隔有一尺,风从窗户爬进来,车里的气息过于浓厚,我们没法再动一下。她动一动,想尽量离我远些。

"我们就这样坐一会儿,你别碰我。"

"你要是难受,我们回去。"

"我是很难受,我要晾一会儿。"

"你后悔啦。"

"我快要结婚了,我不知道咋办。"

"我也不知道。"我这句话很笨,可我不会说别的。

小卫说:"我不知道我要去哪,下飞机才知道这是乌鲁木齐。我想跟你待会儿。"小卫望我一眼,低下头:"你碰一下我,我就散架了。我快要坠落了,我不知落哪儿好。"

"难道我无能为力？"

她直起身来，我搂住她的后背。这是她惯常的神情，她的整个身子都在看我，她在摸索我们分手后的距离。我忽然感到，我们谁也不敢正视现实。她很快就要结婚了。她得把我们有过的那一段收拾好，直到她自己满意才行。我想她很难满意。她把那件事简单化了。

那件事刚开始谁也不会多想，我们都没当回事。我想我来这里会安静下来，我会找到女朋友，我会重操旧业，进入大报记者的行列，干我想干的事情。她那双眼睛像对小蝌蚪，她的灵性使她的每个部位都能说话。你不能老盯着她一个地方，那地方很快会活起来。我第一次看见她是在大街上，她的身材美极了。我瞥一眼，就低下头。我的目光落在她的裙子上，我仿佛看见海水的流动，裙子很可能得之于波浪的启示。我从裙摆的晃动中听到她的声音，那是一种神韵，弥漫整个空间，我想那张脸一定很出色。公共车来得莫名其妙，我冲上去，车子把我拉到一个陌生的地方，把我吐出来。我不知道她是否在这儿下车，她下车的时候我看到那张脸，从众多的面孔中跃然而出。我是个马路求爱者………她现在这样子美极了，针织套衫，细花裙子，我触摸一下裙带，她没动，我知道她惊了一下。我说："我们到此为止？"

"我们已经分手了，可我还是来了。我不知道找你干什么，你老让我说，可我什么也不会说。"

我们真的不知道该干些什么。这时，从车里看出去，荒原像个无赖，荒原漫无边际，风在徒劳地吹着。

小卫说："办法是多余的，在一起就行了。"她的目光躲开我，这个徒劳的举动连她自己都感到可笑，我在看她的胳膊。

　　"我以为这辈子见不上你了。"

　　"我总算来了，还不如不来。"

　　"你不想和我见面？"

　　"你不知道我心里有多难受。"

　　我们又像陌生人那样坐着。我说："我们回去吧。"

　　车子跳上柏油路，奔进市区绕过自治区大会堂旁边的清真寺。小卫两眼直视前方，空中飘起细碎的暗影，中亚宾馆快到了。小卫说："你到前边来。"我靠近她，她一下子靠我肩膀上，另一只手握方向盘。

　　我说："别大意，小心把咱们报销了。"

　　"我有分心术，一心能二用。"她折我的手指，我放松下来。她说："到宾馆之前你再吻我一下。"我的嘴覆上去，覆在她的额头上，我竟如此沉重。她车子开得很好。她在银行点票子的动作特别潇洒，她那会儿就练出来了。我心想，我非毁掉我不行。她伸手让我握着，走下车。她的手在颤抖，她说："松开吧。"我松开，她的脸真白，风把她的血舔光啦。她说："我很紧张是不是？"她走过花圃，打开水龙头用凉水冲脸，使劲搓。

　　走进大厅，里边空荡荡。服务员打开房门说："张记者醉啦，可厉害啦。"房里酒味很浓。小张在内屋睡觉。小卫进去一会儿，出来打开冰箱："给我们留了吃的。"

　　我说："他不要紧吧。"

"他能喝酒,他以前没醉过。"一盘鸡块,一碟烤肉,两瓶红葡萄酒。我们先干一杯。

小卫说:"你的吃相还是那样凶,以后找女朋友可要注意啊。"

我吃着,我只能跟肉交流。吃到七八成,我灌一杯酒。

小卫说:"你迟早会成为酒鬼,你可要小心。小张已经醉了,醉过一次就能醉个没完。男人的醉相惨不忍睹,像鬼捏过一样。"

我说:"小张好面熟啊,熟得叫人吃惊。"

"他是像你,原因么,你别问了。"

我说:"我不喝了,给小张留着。嗜酒的人醒来没酒简直要命。"

"喝吧,他要喝自己买去。"我喝半瓶,递给她,她喝干了。

我说:"行啦,有的是机会,咋好意思喝个精光呢。"

"明天见。"

"明天见。"

我把她推进去,带上门,我烦人送我。

我下楼利索极了,酒这东西,跟润滑油一样。我走到人行道上,向南门走去。走过白布围起来的露天酒家,几张长桌摆在铁罐旁边,啤酒从龙头射出来,把酒徒们灌得红彤彤。警察朝我吼着什么,我站一会儿,绕回人行道。

我在大十字的栏杆边停下来,从这儿可以看见咖啡屋,李丽辉在对面街上。

我从街心花园绕过去,突然出现在她面前。"你又喝酒啦,你一天喝多少次,我真后悔给你酒喝。"我出粗气,我的舌头不灵便了。

我们走好远，走到青年水库下边的林子里，李丽辉说："喝了白酒就别喝红酒。"

"真倒霉，我还喝了啤酒。"

"那你还把我带这么远？"

我坐地上，我说："我歇一会儿，骨头都松开了。"

李丽辉把我拖到石头上，我听不见她的声音了。她突然哭了，哭好久我才听见她的声音："咋回事啊，他出事那天就在这里醉的。他哭不出来，咋弄都哭不出来。他龇牙咧嘴可怕极了，我知道他要出事我没想到有那么严重。他要哭出来就不会出事。他把胳膊扎个洞，血喷出来，他说：'你叫我哭，这是我的眼泪，你听见了吗，儿子娃娃就这么哭，哭了就要杀人。'"

李丽辉在我腰间摸，我说："我没刀子。"

"你骗人。你想哭，哭不出来，你跟伊敏一样要出事。"

我真的没想过用刀子来保护女人。我的愤怒还不如个屁，我的文章如苍蝇嗡鸣，就我自以为惊天动地。我的脑袋在李丽辉手里转动，终于转出一串泪水。她离我的眼睛很近。我说："你真美，小樱桃。"

"小樱桃，噢，小樱桃。"她重复着说一遍，把我搂住了……

"你怎么想到这个地方？"

"我不知道。"

"你骗人。"

"我不知道这里有你的大秘密。"

"现在还秘密个屁。他把我叫苹果，你把我叫樱桃，要吃就吃个痛快。"

　　树叶像夜的耳朵，直愣愣竖起来，又很快变模糊了。夜色朦胧，我抓住她，她的脑袋在我胸口。我不怕夜色了，而且胆量倍增，黑暗使人疯狂，我开始大胆行动。李丽辉抓住我的胳膊不放，我把她揽住，一点一点吞吃着，我仿佛吃神秘的夜，直到最后，夜把我吞并。我想这会儿你恨我也没用，我们想想法子找地方出来才是。我们配合默契，很快就打黑暗里冒出来。我看她兴奋的脸，她转过身，出一阵粗气，女孩镇静下来都要羞涩一番。

　　"没人敢动我，谁给你胆子？"

　　"我不是故意的，我不想请你原谅。"

　　她抓起我的手，搓我的手指。

　　走到路灯底下，我一直搂着她的肩，我说："好歹热乎一阵子，又把人糟践一顿。"

　　"没办法，我跟伊敏在一起也是这样子，每次都要戏弄他。后来他误认为我真跟经理有一手。他坏了经理，投案时也说他疑心太重冤了我。我问他：明明知道为啥还这样？他敲打脑门，说这儿坏啦，他自个儿没法子。"

　　我开始怀疑小卫时也是这样子。不过我没想到去找经理，我把气全出到小卫身上。我想我真不是玩意儿。我应该让经理吃点苦头，经理没动过小卫，仅仅是没用那玩意儿。其实他早就动啦，他的心，他的眼睛，他的手。到火车站，李丽辉借路灯整理一番。我亲她的嘴，她迎上来，亲她额头时她把我推开。

　　"刚收拾好又想把我弄乱，你走吧。"

我的笑很尴尬。我拉拉她的手，转身走开，下台阶，走到旅馆前边。灯光明亮，我睁不开眼睛。我向后看，广场的路灯下有个女子，细看是李丽辉，她转身走开，这人真怪。

我睡不着。我好累啊，躺着没用。我打一盆水，兑些开水到厕所里冲澡，用力士香皂。皮肉松软，我倒床上，打开台灯，把书扔一边去，从烟盒里敲出一根烟，点着噗噗地吹，吹出来的不全是烟，心里空空的。我发现烟这东西很能折磨人。我有点后悔，我看桌上的缸子，喝一杯水咋样？睡前喝水能把眼皮泡大。喝酒不会错，我在床下翻一阵。李丽辉床下有酒，我床下没酒。我从不在床下放东西，床下是我的鞋子和脏衣服。我就这么臭吗？我闻到鞋洞里升起来的味儿。我没有瞌睡。鞋洞里的臭味很早就有，它蚕食了我那点可怜的睡眠。我得想法子把它们找回来，我得想法子把这个夜榾圆满才成啊。我的窗户真大，大得使我领悟了潜伏已久的错误——没有窗帘，我一直就没有窗帘。我无遮拦地躺在床上。我压根儿不去想窗外的夜空，以及泡在夜里的密匝匝的星星。我再次想到小卫。我一直想跟她睡觉，却把李丽辉给睡了。我趴枕头上，我突然哭起来。眼睛弄得好疼。过了一会儿，我能控制自己了。我下床趿上拖鞋，遛两圈，终于遛进厕所，大便坚硬，我梗脖子，轰隆一声，好舒服哇。孕妇挤婴儿可能就是这种感觉。我打开水闸，管子里咕咕响两下，没动静。我望着黑洞洞的茅坑发呆，给我带来快感的那堆东西静静地躺在里边，韵味十足，臭气熏天。睡眠不会再来，夜干瘪苍老，像皱巴巴的蜘蛛网落在我脸上。风擦干了屋内的臭味，粪便并不可恶，它跟人和平相处。睡眠落下来，扑簌簌，一夜无梦。

八

早晨，我去街上喝奶茶，焕焕也在这儿。我问他去吐鲁番的事，他说改天再去吧，他心神不定，我说可以。我给他一个馕，他不要，光喝奶茶，我掰一半给他。他泡碗里吃了。他走时没打招呼，这小子摇摇晃晃，准没好事儿。

我到办公室门口，几个人围着主任说话，突然不说了。我转身上楼，进教研组办公室。我很少在屋子里待，我跟大家一样，下课待办公室。我打扫一阵，身上发热，打开门窗，风一下子吹满了。我坐桌前，桌上搁着黄教授的论文。我真糊涂，同事看见准惹麻烦。我忙塞抽屉里。我掩上门，拿论文翻阅一遍。黄教授说人身体是一个完整的磁场，身体周围有许多卫星场，也就是说人的周围有自己许多影子。那些影子存放人的不稳定因素。这些因素飘忽不定，大体以身体为中心，忽而这忽而那极不稳定。教授对我感兴趣，莫非他是拿我作病例？教授的理由很充足，明眼人看得出，我那篇文章所叙述的事件中，有几桩跟我的下意识相通。当时我并未觉察，事发后我对小卫大打出手，小卫骂我时才感觉到这一点。那就是，酒鬼老婆的嘴巴与小卫极为相似。这个发现使我黯然神伤，它意味着我的未来就是那个酒鬼。而且所有受害者的屈辱有可能再次出现于我的生活中，因为那不仅仅是三四个男人的经历，所有男性都面临这个问题。当这些男人所蒙受的屈辱即将靠近我身边时，我逃往新疆。一旦屈辱渗透过来，我的沦陷仅仅是时间问题。

我找不到烟抽，撕一绺纸塞嘴里嚼成纸浆。阳光把我的倒影涂在墙上，我看一下，我的周围有无边无际的空白，哪里能安置我出逃的灵魂？如果这篇论文的命题真能成立，那么人所受到的伤害程度就是个无穷数。我讨厌把伤口放大观察，那样会动摇人的尊严。

我得好好想想，找一下我的影子。我心里空空的，我的灵魂出逃不止一次，我得找出它的确切位置。我不该读这种文章，就像我不该去矿区采访一样。

我并不在我身上。酒鬼的遭遇使我寝食不安，超出一个记者的同情范围。他老婆对他隐瞒了许多事情。那时我就感到我在蒙受耻辱，不过我没想后果，没想屈辱的心理内涵。在同一个屈辱圈内，不同人的感觉是相同的。这些人的磁场有相同之处，磁性虽不甚强大，却使我受惊不小，波及小卫。现在大家该明白我的处境啦。张记者扩大了相同场的区域，我的许多方面就在他身上，我想是小卫这个妖精带给他的。小卫结识张记者，是因为张记者酷似我。我的未知领域很多，我早已逃出我本人的范围，我在我不知道的地方。

黄教授把我弄得好难受。我永远没有安宁的日子。我怕再受刺激，伤害我的玩意儿随处都有。

我一激动就要上厕所，拉的尿特臭。我的胃功能不行，脑子给弄坏了，没进疯人院已经是个奇迹。我快步下楼。我结识的这帮人都跟厕所有关联。焕焕偏爱粪池。新疆的粪池跟内地的不一样，像个地下宫殿。从后门下去，色彩斑斓，尽收眼底。焕焕发现粪便与人脑形状完全相同，每堆粪便左右分开，如同人的左脑右脑。焕焕能从粪便判断人的内心，堪称一绝。他待在我们学校的粪坑里，他在留心我们主任，说是拳头大的那堆，他慧眼从众多粪便中识英雄。我不相信。他太小看我们主任了。焕焕说："脑容量跟粪便成反比。你们主任的是典型的知识分子粪便。"

我下课待教研室，没敢吭声。果然，今天挨训的人不少，有几个是主任的心腹，给弄得莫名其妙。焕焕真他娘的绝到家啦，粪便比潜意识深刻多了。

……我拉屎特别艰难，龇牙咧嘴，挤出一丁点，似有似无，我要是心肌梗死，早没命了。焕焕肯定看过我的粪便，他保持沉默，便意味着我前景不妙。人都是报喜不报忧，我好几次以学友之名相激，但他有难言之痛。有他这点真诚也就算了。是福逃不了，是祸躲不过，随他去吧。

九

焕焕挂在大十字的栏杆上，像只乌鸦在等待黄昏。他的位置很好，树枝隔着，到跟前才能看见他。树叶儿发黄，好日子没几天了，冬天很快就来，冰雪很快就把我们封进屋里。那是焕焕的倒霉日子。粪便冻成硬块，看不清纹路，他的绝招失灵。他从人的面孔上什么也看不到，他的小说就会落入俗套。艺术家写人的眼睛，人眼就瞎了；写人的心灵，人心就黑了；写人的肉体，肉体里长梅毒长艾滋病。人灰灰的，没有色彩没有声音。我喜欢焕焕粪便味十足的新小说。他敲一块干粪便，就像在鼓捣一架收音机，他仿佛在收听大便者的电波。他答应给我看几篇新作，一直没有兑现。他死后我也没看到他的新作，他很肯定地说他有一个长篇新作。我写这篇狗屁小说时，惶惶不安，我总感到我在剽窃。我没有看过他的粪便，我为什么不看呢？焕焕黑黑的，瘦瘦的，挂在栏杆上，灰尘罩住他，太阳晒他像晒草原上的牛粪。焕焕干吗穿黄色皮夹克，这种颜色最能使人联想到粪便。焕焕他本人就是一堆热腾腾的粪便。后来他干涸了，像天然根雕，给我们这帮朋友留下无尽的思念……我走过去，焕焕老远看见我，他真的穿土黄色的皮夹克，我愣了一下，焕焕落下来。

"到水磨沟玩去。"

我们走老街道。路面坑坑洼洼，树多人少。林子那边的平房很漂亮，焕焕一个女同事住这儿。我们进去，她正看电视。她在沙发里朝我们点头，我们坐下一起看。是香港一个很长的电视剧。看一会儿便是广告。女主人进内屋端一盘吃的，有葡萄有苹果有蛋糕。她身材很好，个头有一米七，脖子下很白很诱人。她转身时我捏焕焕的手。以前知道他有情妇，不知道有这等姿色。焕焕领赵以疾来过一回。过后，赵以疾单独来访，还献了诗，有二十多首。

女主人笑笑说："我叫小陈，你呢？"

"壮壮。"

"好名字呀，叫起来铿锵有力。他领朋友来从来不介绍，非得我问。"

焕焕干笑两声。小陈说："半月不见人影儿，干啥去了？"

"想去吐鲁番没去成。"

"去那儿干什么，热死了。"

"想摸葡萄藤。最好的藤有多长？藤条像那东西。"

焕焕的暗语不顶用，小陈听懂了，脸上扑闪红几下。

焕焕说："没劲儿，干脆领壮壮来你这儿玩。你这儿比吐鲁番强多了。没啥危险吧？"

"他去开会，半个月呢。"

"她老头子是市政府办公室主任。"

"你这不是踩地雷吗？我在宝鸡让地雷炸怕了。"

"地雷不爆炸你有啥办法。"

焕焕不知道，世界上没有不爆炸的地雷。现在不炸将来炸，那是定时炸弹。这话说不出口。后来在东戈壁，焕焕跟小陈分手后，他也没说，虽然死神缠上了他，他也明白他将被炸毁，他不说因为他有毛病，他太自尊。

我说："好几年了？"

焕焕说："好几年了。"

小陈说："他人没到乌鲁木齐魂儿就缠上我了，他可赖呢。"

小陈给我们削苹果，一刀一个光头。我说："跟焕焕在一起你就别想占便宜。"

"就是。没钱花了肚子饿了，就朝我这儿遛，可怜巴巴的。你说你可怜不可怜？"

"我来她家做客开个玩笑，她老头子就皱眉头，劝小陈少跟我等流氓来往。我真耍流氓他就没治了，他不知道娇妻早被我俘虏了。"

小陈说："他是个两面人。白天他是全世界人的老子，晚上又是全世界人的孙子。他自己看黄色录像，把其他看黄色录像的罚得倾家荡产。他自己跟丫头犯错误，把其他跟丫头犯错误的人整得死去活来。挨他整的人自始至终把他当包公。他简直是整人的艺术家。"

"你比德·瑞那夫人厉害。"

"可惜焕焕没于连的野心，只顾爬格子。那些格子编辑又不承认。"

"等焕焕死了，我写一本跟《乔伊斯传》相媲美的《焕焕大传》。并在后记中注明：本书的资料均由陈小姐提供，陈小姐系焕焕的情人。"

小陈下厨做饭，我们俩下围棋。我的棋很臭，不是焕焕的对手，他最多用七成力，他是市围棋大赛第二名。我说："你的作品跟小陈一样就好了。多么出色的女人，我有点嫉妒你。"

"你太霸道啦。李丽辉不好吗？一颗水灵灵的小樱桃，赵以疾看她一眼要激动好几天。还有小卫，大记者的未婚妻，来乌鲁木齐半个月就震翻了社交界。你放跑了出色的女人你怪谁去，其实，你小子自己清楚，她们留给你的是什么。"

"既不是家，也不是幸福。"

"不怪她们，都是我们自找的。"

"你说对了。你总不能自私到叫小陈毁家出走的地步,是不是?"

"我不像你,有副好身体。"

"你羡慕这个。我壮得像海明威,海明威十岁遇上死神。我出校门就遇上啦。"

"我对死神不感兴趣,死神要的是肉体不是灵魂,所以我的死神跟你的不一样,你是魂飞魄散,我是从根本上消失。你至少还有空壳子。"

静下来。我们搬不动棋子,静静的,棋子像小圆点心,它应该引起我们的欲望。焕焕说:"我挺不了几年,干吗叫她跟着倒霉。我跟她过几年人的日子就心满意足了,你还要奢望什么?"

"干吗是几年呢?一直活下去,活着就有希望。"

焕焕推开棋子站起来。小陈端盘子进来,她炒的羊肉,我和焕焕松皮带,最后半盘细嚼慢咽,真正吃出了味儿。这是个细心的女人。我们喝茶的工夫,她把屋子收拾一新。我起身告辞。到门外,焕焕低声说:"你上哪儿去?"

"我去书店。"

"你在那儿等我,一小时我就来。"

"你眼睛瞎啦,没看见小陈在忙什么?"

"今天我可能要丢人现眼。"

"你没劲儿啦,我去给小陈说。"

"别开玩笑,我心里空空的,怕到时候坏事儿。"

"我给你鼓鼓劲,你想你是流氓就行。"

我把他推进门，转身走开。

我知道这是咋回事。我能跟李丽辉睡就是不能跟小卫睡。小卫跟矿上那些倒霉事连在一起，那些事情坏我胃口，我那东西就不行了。李丽辉不一样。小卫到乌鲁木齐真是一场突袭。我不知道焕焕的灾难是什么，大概是那些稿子，焕焕的小说总是被退回来。其实，他的小说要是发表了，那些先锋派准把他叫大爷。

我进开架书柜翻书看。我的钱有限，常来这儿看书。我早习惯了柜台老阿姨的白眼。好多书我是在这儿读的。我看一本美国犹太人写的《反生活》，焕焕进来了。我看表，刚过四十五分钟。跟情人幽会提前退场准是倒霉事。

焕焕一脸沮丧，不吭声也不看我。街道到头了。我进路边的小商店，要一瓶两块五毛钱的启明特曲两包蚕豆。心情不好的时候喝劣质酒，让酒陪着受罪。我领焕焕坐林带里。我们吃蚕豆，嘴巴油乌发亮。太阳仿佛坐了小车，呜儿一声停在树顶。酒把焕焕烧醒了，他朝市区望，我说："你提前爆炸，她还在水深火热之中。"

焕焕看我，眼睛红红的，像只兔。他脸上汗津津的，朝市区看。他捏脖子，抓破几块皮。我朝那儿喷一口酒，他打哆嗦。他躺下唱《北国之春》，唱得真好听。虽然糊了一点，但不焦。

我说："把女人发动起来，擅自离开者要判刑的，你连逃兵都不如。他们临阵逃脱是不想当炮灰。你怯阵是不想当男人，你还写个屁。你的灵感完了，你的功能坏了，你没创造力了。"

焕焕听懂了。再醉也得留神自己的功能。他爬起来跟我走。

我领他回他的地下室。他们学校有二十来户住地下室。焕焕这里是第三世界，头儿看不顺眼的人都住这儿。我告诉他这儿风水不好，与倒霉的人为伍你永远别想爬出来。焕焕不反驳。他从未反驳任何人，他把要说的话都写进小说里。他属于在自取其辱的感觉中寻找乐趣的人。这方面，他是我师父。我一生躲避屈辱，屈辱反而渗入灵魂，变成梦幻，弄得我寝食不安。

我们身边来来往往好多人，他们不理我们。焕焕的处境比我更糟。我的同事在背地里议论我诅咒我丑化我打我小报告，但面子上还可以。他们见面打招呼，给我爽朗的笑声和适当的恭维，请我喝酒。焕焕的同事们对焕焕熟视无睹，焕焕说："你别介意。"

"我不介意，你没事吧。"

"没事，这点酒难不住我。"

"文穷而后工，这是你的福气。"

"你来试试。"

"我不做作家梦，干不了作家事。"

"所以你是好人。"

我有点激动。我毕竟跟笔有过交情。我宁可不写，也不使笔为难，就像你焕焕，宁可发表不了，也不委曲求全。对我们来说，笔是老三，在创造功能中它最小，最容易受伤害。

"你说什么来着？笔是老三？"

"它仅次于脑袋和鸡巴。"

"它娶不上媳妇，是个光棍儿。"

"是个光棍儿。"

进屋里，我们还谈论了笔的遭遇。焕焕指着桌上的稿子说："它激动就射，弄不出生命。"焕焕指他那杆粗壮的黑钢笔："它没老婆，只能遗精。"焕焕摸稿子上的字，摸半天，像瞎子在读盲文书籍。

"手感不错。它有生命哩，生机勃勃，你也摸摸。"

我手不行，弄得纸页哗哗响。焕焕问我感觉咋样。

"像甲骨文。"

"像蚕儿蛋，到了春天，就会从壳里飞出来。"

焕焕死后会怎样？我没把握。后来我在他的日记里看到这些话：我大放厥词时他难受得要命。他跟死亡频频幽会，私订终身，谋求献身的良机。我对此一无所知。每一篇作品都是童贞的凝聚，期待生命的升华，而这种献身是徒劳的，孕育一个又一个死胎。

后来我知道，这次中止吐鲁番之行，使焕焕多活了半年。死神穷追不舍，死神没在吐鲁番等到他，死神转移到东戈壁，焕焕死在东戈壁。这一天倒霉透顶。他更不幸，又在情人面前丢丑。

焕焕说："我的灾难像空气，我没有目标只能跟自己过不去。"

我说："你的超脱是假的，我刚认识你就感到了这一点。"

"跟我交朋友算你倒霉。你应该结识那些健康诚实的人，他们的愉快能感染你，就像干爽的空气。我太潮湿了，骨头都是潮的。我像地窖里的土豆，发芽的土豆有毒，你最好不要读我的小说。"

"你的小说有味儿，怪味小说比白开水强一千倍。"

"都是大粪味儿，臭不可闻。"

我躺铁床上告诉焕焕："你绷得太紧，一旦松弛你会受不了。

住地下室的就你一个大傻瓜,你不吵不闹。你的邻居很聪明,他们互相仇视,把火发别人身上,每天发泄一下,要义愤填膺地活着,就像全世界都亏了你。"

十

咖啡屋里热热闹闹,都是内地来疆的大学生。他们喝着咖啡,跟李丽辉开玩笑。赵以疾也在,他望着李丽辉,像一朵真诚的向日葵。李丽辉朝我招手,我穿过大街。赵以疾挪个地方,我坐下,说:"你忠诚无比,像阳光下的向日葵,我真想把裤带给你。"

"这里有女士,你文明一点好不好。"

"我说的是田园式的爱情。他们肝胆相照,只要喜欢,少女常常把裤带赠给情人,让情人来捆她。"

李丽辉在旁边笑,说:"小赵得意啦。"

赵以疾说:"发了一首。大学生协会搞的征文。"

"我知道你写什么了。"

李丽辉说:"给一个女孩的,她相当出色。"

赵以疾看李丽辉。他是第一次正面看李丽辉,在此之前,他都是从侧面看她。李丽辉笑嘻嘻装作没看见。我对赵以疾说:"我们去焕焕那儿。"

"这里气氛不错,都是咱们的人。"

好多人我不认识，但一看就知道他们是口里来的大学生。有不少女大学生，高雅极了，大概是大城市来的。我对李丽辉说："咱们给小赵加油。"

赵以疾问："加什么油？"

我看着那边，有两个女孩朝我们点头。我在诗歌沙龙里见过她们，赵以疾也见过。我说："她们看你哩，冲上去么。"

赵以疾过去跟她们搭话。她们看我一眼，赵以疾解释一番，她们就不看了，跟赵以疾谈。李丽辉正好端咖啡过来。

"小赵呢？"

"不管他，咱俩喝。"

李丽辉跟她的小姐妹招呼一声，坐我对面。我一直看着她，她皮肤细白，湿润润的。

"看什么，看得人不好意思。"

"那我收回眼睛。"

"看吧，没事，你发现什么啦？"

"这样子恭维人，真不要脸。"

赵以疾带一把椅子过来。

我说："就带回一张椅子？"

李丽辉说："你那份咖啡没了。"

我说："他吃两道高级菜，早吃饱啦。"

赵以疾瞪我，我装作没看见。赵以疾谈他的诗，给我朗诵一遍，我恭维几句，他高兴坏了，想说我好话，我说："我早给李丽辉说了，你不用恭维我。"

赵以疾望李丽辉，李丽辉瞪我一眼，我说："我给她吹三天三夜，终于得出结论：我是大好人。是不是，李丽辉？"

"你是大好人，说我是小樱桃，存心要吃人家。"

赵以疾很沮丧，他以前的恋人叫樱桃。

赵以疾说："焕焕该发表一篇了，写么长时间。"

我说："他的小说不发更好。"

"照你的说法，就不用写了。"

"照你的说法，写是为了发表。"

"总得让社会承认吧。"

"首先是自己承认，其次是读者承认，最后是历史承认。不被历史容纳的东西是虚假的。这种承认没有价值。"

"咱不说什么价值。读焕焕的小说，心惊肉跳，晚上睡不着觉。"

"就像少女碰上意中人故意疏远一样，好小说找的是下意识。好小说不是安眠药，不是猪饲料添加剂，把读者喂得又白又胖，呼呼大睡。"

"那种小说，人读了得少活几年。"

"你说错了，应该是觉得活不下去了，得换一种活法儿。"

我们都不说话。有个女孩走过来，我认出她，就是给赵以疾留照片的那个女孩，长得小巧玲珑。

"贝贝你好。"

赵以疾面带笑容，亲自给贝贝端咖啡，问她吃过饭没有。我给赵以疾丢眼色：这样问她当然说不饿，你就不会买两块蛋糕？赵以疾在这方面很笨，他就知道给女孩献诗，他根本不知道女孩是咋回事。这个小贝贝很聪明，她望着李丽辉说：

"你好漂亮，你就是樱桃，我叫贝贝。"

李丽辉拉拉贝贝的手，说："我叫李丽辉，别人叫我樱桃，我不是樱桃，我没那么甜蜜。"

"漂亮丫头都这么说话，我就叫自己丑八怪。小赵你说我是不是丑八怪？"

赵以疾噎半天，颧骨动两下，没吭声。贝贝说："看见没有，他首肯啦。"

李丽辉说："谁说我们贝贝不漂亮，我挖他眼睛。"

贝贝敲一下赵以疾的脑壳："我不想让你当瞎子。我不是来找你，我找你同学。"

我们沿着好路朝明园那边走。贝贝说："你领我到哪去？我叫你来你应该跟着我。"我不吭声，走好远。我停住看前边的树，我听见她走近了，她几乎跑着来的。

我说："找吃饭的地方去。"

"你这人真固执，你咋知道我没吃饭？"

"天一亮就找小赵，小赵不在就满街跑。你早把肚子忘掉啦。"

"我就是不饿嘛，你少挖苦我，我没找到他。"

"先找个吃饭的地方。"

"你这人真固执。我找你有事，反而叫你牵着鼻子走。"

"你以为牵着丫头走容易啊。"

"你别后悔，我一顿能吃穷了你。"

这是维吾尔族居住区。我们走进巴扎，羊肉串烤得嗞儿嗞儿响，空气里飘一层油香。我领贝贝到卖凉皮的小摊前，要两盘凉皮子。贝贝要吃，我说："不慌，等会儿。"我买了二十串烤羊肉。我说："看着，这样子吃。"把肉疙瘩褪到凉皮子上，搅匀。贝贝照我的样子做，她不敢下筷。我一口气拨下去大半，她才放心吃，吃得放心极了，小嘴巴红红的，辣得直吸溜。我去打两碗奶茶，她抓过去喝得咕噜响。

我们走出巴扎，到树荫下。我打两个嗝，贝贝说："你这种吃法真稀罕。"

"你还是老新疆呢，不行么。"

"小赵领我吃饭，从来都是大馆子，雅座。"

"他是你男朋友，当然愿意效犬马之劳，舍得伤筋动骨。"

"第一次还可以，经常吃大馆子就不行了。"

"他怕你受委屈。"

"才不是呢。他死要面子，他抽三毛钱的烟也要带嘴的。丫头爱虚荣要看怎么个爱法，刚认识摆摆阔是应该的，成了朋友还来这一手就没必要了。"

"没想到你是个小大人。"

"你以为我是一泓清水，是幼儿园里领出来的？大鱼大肉要在家里吃，在外边吃饭随便一点，像牛肉面啦揪片子啦，图个实惠。"

"你还会做衣服，手艺一点儿不比个体户差，用最便宜的布料做,能给过时的衣服改头换面,而且有一手好烹饪,一个萝卜做三个菜。"

"你也知道一个萝卜三个菜?"

"萝卜缨,萝卜皮,萝卜心儿。"

"你嘲笑我。"

"你看仔细了,我的脸风平浪静有暗礁。"

"你那同学加老乡可是这么说我的。"

"噢,他摆大学生臭架子,我收拾他。"

贝贝笑:"你说我俗气吗?"

"那不叫俗气叫有才能。你是好女孩,大大的好女孩。"

贝贝笑。

我说:"中国缺的是你这样的女孩,是贤妻良母。"

"谢谢你,我要走了。"

我点一根烟,蹲台阶上吐圈儿。赵以疾走过来:"她骂我啦?"

"你不后悔?"

"后悔什么,我才不后悔哩。"

"我不是说现在。过十年八年,你会想她的。"

"她们那些小工人,满街都是。"

"她们是很出色的女孩。"

"她们出色?你该进历史垃圾堆了。贤妻良母在五四运动就被打倒啦。"

"那帮大师没有贤妻做后盾,打倒个屁,早退化成猴子了。骂别人愚昧俗气,又不开导他们。大师只开导自己,把希望寄存给自己，遇难才想起群众才唤醒民众来救驾。最后还要从心理上文化上阉割他们。"

"我知道贝贝给你说什么了，她懂生活，她会。"

我打断他："我知道你给贝贝说什么了，她不懂诗不会欣赏《魂断蓝桥》，不会跟男朋友辩论，不会谈高雅的玩意儿，不会在适当的时候惹男朋友生气给男朋友一个表现男子汉气魄的机会，然后再来一段林黛玉式的扭扭捏捏或者港台式的故作纯情。中国少女都让我们给弄坏了。别人弄坏我们，我们又去弄坏她们。"

我看赵以疾脸上的傻相，我说："我们还差一点儿，聪明的做法是，玩的时候找聪明漂亮的，娶的时候专门找平平常常的女孩。"

我刮一下他的鼻子："今天你真不错，露出了一点傻样儿。人不聪明的时候才显露真诚。"

赵以疾说："我玩两个丫头，你就生这么大气。"

"你命好心不好。你从来就不知道自己是啥东西。"

赵以疾忌讳别人说他是东西。瞪我一眼转身就走。

十一

李丽辉说："我们这样子是不是犯罪？"

我说："不是。犯罪是坏人干的事，我们不是坏人。"

李丽辉说："你要后悔的。"

我说："你都不后悔，我后悔什么。"

李丽辉说："你想错了，总有一天你会走伊敏的路。"

我说："那是一条幸运的路，可惜我不会。"

李丽辉捏我的胳膊，我说："我没劲儿。"

李丽辉说："你的鼻子太像他了，直直的。"

我说："是几何证明题吗？"

李丽辉说："你猜对了。伊敏的数学太棒了，他可以拿电大文凭的。"

我说："我数学臭极了。"

"我不相信。你咋上的大学？"

"我考文科，数学只得八分。"

"难道我猜错了？"

"我只会一道题，一道几何题，立体几何。"

"这就对了。伊敏的几何最棒。这一点你们俩一样，鼻子是几何图形吗？"

"鼻子，是标准的三角形。两个平面上，有一点垂直，那么这两个平面就互相垂直。"

"两个人互相垂直吗？"

"当然。"

"那会是什么样子？"

"是个立体人，就是现在这样子。我和他垂直在你身上。"

十二

咖啡屋来的都是我们这些人。有几次我看见他们邀请李丽辉跳舞,舞厅在街对面,乐曲激动人心。我和李丽辉经常跳。跟她跳的人,只一次,就终生难忘了。他们都对我这么说。

我说:"樱桃,你迷住这么多人干吗呢?"

"我谁也不想迷,"李丽辉盯我半天,突然说,"你感到后悔,对不对?"

我说:"我不知道。我想跟丫头好一点。"

"结果好过头了。跟小卫呢?跟她有没有那种事?"

"没有。"

"那可就糟了。你应该让她有一次,至少是一次,再分手也行。你想不通?你当然想不通。你那时真不想干那种事?"

"想得厉害,她不愿意。后来出事了。我们吵架,我情绪坏极了。"

"我们也吵,伊敏怀疑我跟经理有一腿。我们在林子里吵,后来打起来,后来干那事。他猜错了,我好好的。他没吭声。过两天出事了。我在山里找到他,在我的破车皮屋过了三天三夜。警察在外边等着。我说伊敏你走吧,我一点也不怕。我被审讯,被头儿报复。我能挺过来,就是因为我们有过那种事。我很安静,就这么回事。你想想吧,小卫到乌鲁木齐来为的啥?"

我说:"你这人真怪,咱俩不是一般关系啊。"

"是二般关系又怎么样?书呆子。"

"你怎么不拒绝我？就因为我的鼻子像伊敏？"

"想不通对吧？那你就慢慢想。"

"真不可思议，仅仅为一个鼻子。"

"他的声音也足以使我发狂。我不敢奢望你，除非你把鼻子割掉。"

"你知道我拿不了刀子，偏偏说这种话。"

"你说你是儿子娃娃么。咱们都好几次了，你担心什么？"

"割掉鼻子我就是艺术家了，可我压根儿就没激情。没激情的娃娃长不大。我不想糟蹋艺术，这比糟蹋丫头更可怕。有个外国画家叫凡·高，灵感枯竭的时候他割掉一只耳朵，灵感就从伤口流出来了。"

"我见的那些画家都挺英俊，都不是残疾人。"

"关键是心灵。"

李丽辉摸我胸口："你这儿有个洞，你会成为艺术家的。"

"你错了，我那儿好好的。我脑子给弄坏了，"我抠脑门，"这儿掌管各种功能，是个智力问题。"

"你干那事挺好的，功能没问题。"

"你别安慰我。那玩意儿硬几下谁都会，动物都会。要命的是从硬度里剔除了一种东西。"

"好好的，好壮的一头牛，你纯粹是精神病。"

"那是一种创造生命的东西，看不见的。"

"我们试试。"

李丽辉的声音充满激情。黑夜席卷而来，屋顶和墙壁幻影一般消失。我们落下来。我用手摸大地,是滚烫的李丽辉,是李丽辉充满激情的呢喃和泪水。

她说:"你好好的。"

我点一根烟,我看见了墙壁和床。我们回床上。她说:"你还有劲儿。"

我说:"那是借你的劲儿。"

"你干吗这样子,我要抠出你那些怪念头。"

"我们一起抠吧。"

这一切都没有用,李丽辉生气了。

"你就像一块石头,你到新疆来是做戈壁滩的石头,是不是?"

"你再说一遍。"

"我们这儿有一个吃石头的疯老头,我真担心你变成他那样子。"

我一下子被雷电击中了,我一定要见那个可爱的老头。我们在林带里找到他。

李丽辉说:"别惹翻了他,疯子伤人不偿命。"

"他不会伤人,就像结扎了的女人生不了娃娃,他脑子没那根弦了。"

"你别大意,我亲眼见过疯子伤人。"

疯老头蹲在地上,任我摸他。老头一点也不疯,像坐在理发馆的沙发椅上。

李丽辉打我一下:"你这不是作践人吗,疯子也是人啊。"

我的动作很吓人,两手从上向下拉八字摸。这是小孩骂对方父母最下流最恶毒的动作。李丽辉又打我一下。我的双手沉浸在狂欢里。人的下意识里，都想把别人的脑袋当尿罐。

我说："我们老家有个周公庙。里边住着周武王的叔叔姬旦。他辅佐幼主，奠定周朝八百年天下的基础。八百年，有多少人给他家做臣子做奴才？周公这人很明智，死后在庙的侧洞里搁一尊石像叫玉石爷，供万民揣摸。头疼的摸头，脚疼的摸脚。哪儿不舒服摸哪儿，很灵验。摸一摸，把一生一世做下人的窝囊气就给息了。"

李丽辉被我说动了。我说："周公庙在山脚下，山北边是轩辕黄帝庙，周公庙在山南边。"

"你摸过玉石爷？"

"摸过。"

"你哪儿不舒服？"

"我没病，我从头到脚都摸了，怕以后不舒服。"

"女人也摸吗？"

"女人摸得厉害。"

"摸啥地方？"

身边没人，四周空空的只有阳光徘徊。我小声说："男人摸头，女人摸………那玩意儿像个棒槌，是匠人们苦心孤诣的杰作。日本学者摸一下，惊叹不已，说那玩意儿的艺术水准超过敦煌壁画里的欢喜佛。那个学者回国后写了一篇论文，得出结论说岐山是'西瀛'，他们是东瀛，是日出之地，日出是老大日落是老二。有出戏叫《凤鸣岐山》看过吧？"我手下的疯老头叫起来，像雨夜的蛐蛐。疯老头扭过脸说："凤鸣岐山喽，凤鸣岐山喽。哈哈，凤鸣岐山，王母娘娘喜得贵子，咚吓。"

"听见了吧，这老头没疯。我家就在凤鸣镇，还有凤鸣沟，凤鸣酒。"

"你这么激动，像只大公鸡。"

"你看住老头，看好这个宝贝。"

小饭馆有部公用电话，我叫焕焕，他很快就来了。李丽辉真是个好女孩，她能忍受男人的恶毒。

李丽辉说："你叫焕焕干什么？他可没你这么坏。"

焕焕对我们熟视无睹，径直走到疯老头跟前，伸手托起老头的下巴颏。焕焕的眼瞳闪射出纷乱的光点。他写东西达到高潮时才有这种情形。他拍拍老头的肩膀，老头跟他走，像一对老朋友。他们转到楼后边。

我和李丽辉走过去。楼后边有排土房子，转到土房子后边，我们被这场面震惊了，疯老头捧着石子吃得格格响。我走过去，想揍焕焕，焕焕沉浸在他的发现里。我的愤怒没影儿了。我回头看李丽辉，李丽辉的脸上刚激动过，显得无比尴尬。

焕焕说："小说早写好了，找不到主人公，原来在这儿。"

"主人公是疯子？"

我不甘心这样的结果。我在读焕焕的小说时，期待着一个灵魂，这个灵魂能挽回我受的那场惊吓。不，不仅是我一个，焕焕需要干爽的风，焕焕骨头都是湿的；老赵欠火候，老赵像条游食狗。还有谁呢，或许更多。让一个疯老头在戈壁滩作我的结局。我不甘心这样的结果。

焕焕说:"我喜欢石头。我一直在写这样的小说,我的主公备受磨难,岁月损坏了他的脾胃。他不能再吃粮食,他跟粮食告别,非常难过。世界上早就没有真正的粮食了。所谓粮食就是人与大地的创造。是一种新鲜的东西。世界对人的要求极为简单,人脑中的沟壑、山川、江河即将消失,而显出平整的一块。这种趋势就决定了人将从心理与生理上放弃丰富多彩的精神与愿望。粮食将不是五谷而是一谷,千姿百态的粮食一体化,成为纯一的东西。大地让人千姿百态,而人给大地的却总是一个僵死的面孔。老头从岁月的灰尘里领悟到这一切。老头在团场的田地上发现农民把粪便当宝。他们不相信化肥,化肥是泥土的鸦片,使泥土板结。他们把粪便当作自己身体的一部分,当作给土地的气力和汗水,从不轻易抛弃,总是到自家地里去行方便,肥水不流外人田。吃大地的粮食,就要偿还给大地。农民懂得大地。老头便确信使人类受难又使人类在绝境中频频复活的就是他们,这些平头老百姓。老头当右派几十年,并没有汲取教训,拨乱反正、平反昭雪对他没有什么实际意义,反而害了他。他离开团场离开大地,回到当年的城市。顶头上司还是原来诬陷他的人。一切向前看,他们需要他的才能。他是财会专家。他管账,他们需要一个替死鬼,他最合适。他们相信他不会反抗,他们知道,他在团场几十年得到了比大学课程更实用的东西。洁身自好的同时也磨掉了意识潜在的反抗本能。决心反抗的一瞬间,他就僵硬在大地上变成了一块石头,他热爱石头,吞吃小石子,举着圆石说这是他的忏悔。审查人员认为他疯了,把他释放。老头直奔单位办公室,局长大人被吓晕了。"

李丽辉瞪大眼睛，喘不过气。"太可怕了。"

我说："焕焕的小说都是这样子的。"

李丽辉说："你是说他在朗诵小说？"

我说："老头的经历跟小说一模一样。"

老头一直望着妖魔山，仿佛看到了自己消失已久的灵魂。

我说："他活不了多久。"

李丽辉说："单位想让他安乐死，儿子不答应。他一直不吃饭，都以为他有印度气功，哪知道他吃这东西。活着真是受罪。"

李丽辉问焕焕："你咋知道他吃石头，我还以为是你施了魔法。"

"他从我小说里跑出来，小说的主人公就是石头。我写的是臭小说不是新小说。"

我捡一颗小石子让焕焕吃，焕焕不吃，焕焕说："还是你先吃吧，你在宝鸡吃过了，你有经验。"

"你说什么？你说清楚一点。"

焕焕蹲地上不吭气了，我踹他他不动，我就想起陇海铁路边那栋灰暗的房子，尚英死后，那房子就成了石头。我恨焕焕干吗，他说的没错。

过来一位中年人。李丽辉说："是他儿子。"我们感到紧张。中年人面带愧色，跟我们握手。

"家父有病，打扰各位了。"

老头脸上显出亮色，眼泪鼻涕搅成一团，中年人掏手绢替父亲擦干净，说："你们真是好人，家父从未有过这么好的气色。他是气病的，脸一直是青紫色的。江湖郎中说是叫鬼缠住了。"

焕焕说："你真是孝子，能求到江湖郎中，可见求遍了大医院。"

"就是就是。专家都没办法，专家光知道安乐死。家父备受磨难，我绝不让他安乐死的。自然死亡才合他的心愿，这也是人的正常愿望。你们几位是不是学医的？"

我说："我们是学心理学的，懂点弗洛伊德和福柯。老人家是我们遇到的最特殊的病例。"

中年人说："家父这种病确实叫人无法忍受。"

我说："应该让老人家自然死亡。整他的人好几十年前就希望他非正常死亡，他活着，死亡的圈套就不会成功。"

中年人说："我没想到这层意义，不过确实是这样。人活着，好多人咒你盼你死。现在政治清明了，让你死无葬身之地的诅咒和愿望不会变为现实了。"

焕焕说："你是教师吧？"

"我是铁路中学的。"

焕焕笑笑没吭声。

我说："老人家的大限就在最近，他心里的闷气已息，自然死亡没有问题。"

我和焕焕相视良久。这也许是我们这些人的最好结局，死神缠着我们，把我们弄烦了，我们不甘心被死神征服，我们年轻，我们能逃脱，可那是命运，命运把你绑在这个劫数上，从古到今谁也没有法子。

焕焕说:"我们通体透凉。"

我说:"里里外外,通体透凉。"

自然死亡是我们所有人的最大愿望。

离开宝鸡,我以为解脱了,我以为我能置之死地而后生。但我与它相逢了,死神真是一个守信用的老朋友。我干吗要碰上这个老头呢。

我们一起送老头上楼。中年夫妇两人忙着做饭。他们的儿子把老头领进卫生间,用热水冲洗。老头竟然会自己刷牙。

老头很久没上饭桌了。我们挨着给他敬酒,看着他把伊犁特曲喝下去,我们的灵魂都湿了,我们没想到自己旱成这样子。我们没想到吓出壳的灵魂会落在老头身上,而且是一个快要入土的老头。

走到外边,我说:"老头有副胡子就好了,像泰戈尔。"

十三

这一天不同寻常。我们走过几条大街,走到白杨沟。我们走远了。

焕焕说:"李丽辉,你看我们讨厌不讨厌?无聊极了是不是?"

李丽辉说:"你们都是好人,挺善良的。"

"我们太浅薄了。"

"老人那么难受,你们跟他像朋友似的,像你这样写小说,就没人看武侠小说了。"

焕焕说:"这儿是好地方,白杨树真多啊,我要在这里躺一会儿,你们先走吧。"

白杨树通过风给我们送来暗语,风说:"死亡是很痛苦的。"我对风说:"我们可以慢慢习惯它,跟它混熟,就不痛苦了。"我想起跟小卫第一次约会。在渭河边,那里的白杨耸入蓝天,就像拔地而起的长征二号火箭。大自然又搬出我们熟悉的布景。

焕焕躺在发黄的秋草上,合上眼睛。风飘过来,他身外的一切好像是多余的,前边一条干沟,长满粉红色的沙柳和骆驼刺,我看李丽辉一眼:"让他挺尸吧,他至少要挺三小时。"

"挺尸多难听,睡觉呢。"

"李丽辉,我们遇上麻烦了,你怕不怕?"

"你们干吗想到死,想别的吧。"

"我问你怕不怕?"

"怕什么?"

"怕死。"

"怕死?我死的次数太多了,跟男人睡一次就仿佛死而复生。"

我的嘴是个大"O",灌进去好多风。

李丽辉说:"你没法体会女人的快乐和痛苦。你跟我睡过好几次,你真的没发现什么?"

我口腔的"O"继续扩大,我脑袋都快成"O"了。

李丽辉说:"我昨天见小卫了。"

我说:"你怎么认识她?"

"你们俩有过一段么。一见到她,就能闻出你的味儿,她肯定也从我身上闻到了什么。女人有这本领，特别是爱过你的人。"

"你别胡说，我俩没那种事儿。"

"你的某些东西还留在她身上，这对她是很要命的。"

"你说清楚些。"

"我给你说过么，跟她来一次，这样她才有救。你别生气，别瞪我，男人的牛眼睛我看多了。她需要这个。你是个男人，就应该主动跟她来一次，这不是取乐，是还愿，是了结孽缘。"

"她跟别人订婚了，他们那帮大学生你不了解。"

"她是书香门第，是教授的女儿，温柔典雅，就像赵以疾说我的那样。你跟赵以疾没啥两样，把女人迎起来，你却跑掉了，你他娘的比强奸犯坏一千倍。"

"你别说了，你还没老就这么爱叨叨，到了更年期你保证气死你们全家。"

"去你娘的蛋，跟你好两天你就烧包了。"

李丽辉蹬我一脚，我站起来，焕焕在下边老远的地方挺尸呢，像晾在骆驼刺上的破衫子。后来，焕焕告诉我，我和李丽辉欢乐的时候，他也欢乐呢。手淫可是个坏毛病，有女人后不该有这毛病。焕焕说："不是手淫，大地跟我亲热呢，泥土要我那玩意儿，你懂不懂，泥土向你要力气要汗水都行，向你要那东西，意味着你该回去了。"我理解焕焕心中的悲凉，灵感每天都来，弄出来的都是死胎，何况他刚从小陈那里败下来。他被折腾够了，他倒在骆驼刺里睡得芳香扑鼻，我和李丽辉欢乐完了，他还挺着，我真没想到他在跟泥土交欢。不是，不是交欢，焕焕说，是跟死亡幽会。

李丽辉说:"以后少跟我来脏话,老娘的流氓话多得用不完,你个学生娃受不了。"

"我压根儿就没生气,真的没生气。"

"读书人都是闷葫芦,脸上笑嘻嘻,心里头犯嘀咕。你说你不生气,你到工厂里转一圈,听了些习以为常的屁事,就吓成神经病啦。"

"我不是神经病,那是很严肃的事情,涉及人的尊严。"

"算了吧,那玩意儿还有尊严?"

"那玩意儿比头重要,那玩意儿创造了人类。人之所以不幸就因为本末倒置,眼里有老大没老二。最厉害的刑法不是杀头,是古代的宫刑,割那玩意儿。"

小丫头片子叫我给镇住了,我说得铿锵有力:"现代人聪明透了,不用杀头,不用割那玩意儿,用现代化高科技弄坏你的脑子,从神经系统剔除你的本能。好多国家没有死刑,中国有一天也会废除死刑。到那一天人才可怜呢。你别嘻嘻哈哈,别小看那小小的刺激,南北朝时有个皇帝,叛兵打到宫外了还跟娘娘干好事,一惊之下,当不成男人了。"

"你那东西好好的么。"

"那是错觉,我感到不对劲儿。"

"一点小刺激把你吓成这样子,你比那些小工人差远啦。"

"我承认我不行,真的,我不行。"

十四

我下午又见到焕焕,他坐在林带里。我从商店的橱窗里看他。小陈从花园似的院子里走出来,后面跟一个胖高个,是她丈夫。小两口边走边谈,肩膀并在一起。胖丈夫比小陈大十岁,但正当盛年,肩膀高出小陈的脑袋。我穿过大街,迎面走过去,手在裤兜里跳,像攥只麻雀。我站在他们跟前,他们也站住。我记得胖丈夫是市政府办公室主任,我说:"好一对天设地造的夫妻呀,简直太完美了。"

胖丈夫哈哈大笑。

我说:"两个肩头拼在一起,刚好是一上一下的台阶,刚好是一座宫殿,里边坐着你这位皇帝,我和你丈夫可以称你为陛下。"

小陈说:"你真幽默。"

小陈对丈夫说:"他是我们单位新来的大学生。"

胖丈夫点头微笑。这家伙有涵养,是块做官的料。我看小陈,她的眼瞳黑黑的,在这深深的隧洞里,刮出一股冷风,一对惊慌不安的黑鸟在里边,是焕焕和她自己。焦虑和恐慌浇铸的喧嚣静息在眼膜上。我叹一口气,我看林带那边。焕焕坐在那儿,背对大街。小陈领丈夫转回来,转到街对面,从林带边走。焕焕背对着大街。焕焕取了两次烟,烟团升起,他真像一座失火的潮湿的旧房子,没有火焰,只有浓浓的烟。

焕焕肯定气坏了。我下课后赶到他的地下室。敲半天门不开,我踹一脚冲进去。小陈躺在破沙发上呻吟,我扶她坐好。她破烂不堪，像中了一千发子弹。我问她是不是被歹徒抢劫了，她苦笑一下，说："都怪我，惹他生气啦。"我拎一只空酒瓶，我说："我敲他，让他跳起来。打女人算什么男人。"

"算了吧，他半死不活的。他没几个朋友，你再训他，他受不了。"

我扶她躺床上，弄杯开水给她。她咳一阵，平躺着，安静多了。

"伺候两个男人真不是人过的日子。我丈夫刚上飞机，我就来哄他，来晚了一点，碰上他生闷气。"

"你丈夫打你吗？"

"父母娇惯，丈夫娇惯，我被娇惯坏了。我讨厌在娇惯中生活。焕焕出手狠，我才能尝到一点生活的滋味。女人就是这样，丈夫要是个凶狠的家伙，她就要憧憬温柔的小白脸。女人是辩证法，比哲学还要难弄，对不对？"

我没笑成功，低头咳嗽两声。

我说："你丈夫真是好脾气，我挖苦他，他一点也不生气，有肚量的人能做大事。"

"你不是他的下属，他对你没机会，你在他手下待两天试试！他对我有海量，对别人可一点也不。别人冒犯他，他笑嘻嘻说没事。过一年半载，人家早都忘掉了，他才出其不意地狠敲一下，对方猛然醒悟，不寒而栗。他很会做人，哪像你们。"

"他是好人，我跟焕焕是坏蛋。我们是有意识地学坏，你丈夫是下意识里坏，在无意中伤害人。至少，他对事业工作是忠诚的。"

"你这话真新鲜,焕焕从来不谈他。"

"焕焕是个坏蛋,坏人嫉妒好人么。"

"说朋友坏话可不地道啊。"

"他欺负你就该臭臭他。"

"你们为啥要有意识地学坏呢?当好人不行吗?"

"好人没力量,不学坏就不能进入生活。"

"下意识的坏没人管,有意识的坏得进监狱,难道你不懂?"

"你说出了名言,小陈,说出这样的话,你跟焕焕好一场不亏,一点儿不亏。"

小陈脸微微红,眼睛蓦然大了一圈,眉毛像天空的雁,飞得好高。

"你们那样焦灼那样恐慌那样怒气冲天是干吗呢?我和李丽辉和小卫把全部都给了你们,你们要什么呢?那种东西比生命比爱更高贵吗?"

"是的。"我的声音很粗,我用整个胸腔在说,"我们的本能里没有哇,我们学不会,学来的不地道,迟早要露馅。"

"出啥事啦?"

我不知道我在用什么说话,我里里外外都在动。"昨天,我们碰到一个老头,他就是从我们脑壳里惊吓出逃的灵魂,他发疯了,跟我们梦中的自己一模一样,我们不可能不去相认。就像在另一个时代里邂逅自己初恋的人,我们不可能不去相认。我们摸着那个疯老头,那一刻,天和地对我们说:跟他去吧,他快死了,你们不能再分散了。生不同体死同穴,老天不收破碎的孤魂,这是古训。疯老头最后的日子就是我们最后的日子，我们被逮住了。"

"他等会儿来，不谈这事行吗？"

小陈很平静，我握一下她的手，我被她的胆子震撼了。

小陈说："你还上班呢，焕焕压根儿就不上班。领百分之八十的工资，到处漂荡，单位的人都不认识他。"

"写东西就要自在，脖子上老骑着一个人，写在纸上的东西就不怎么地道。他家里不缺钱，不需要他帮忙，我不行，我得挣钱，给乡下的父亲助一臂之力。我没条件洒脱，可话说回来谁不想自在一点。"

"你打小卫吗？"

"我伤害她，比打更可怕。"

"你也伤害李丽辉？"

"李丽辉是我朋友。朋友是不能伤害的。她要是我老婆，我可要给手解闷儿。"

焕焕进来。我说："你他妈被窝猫啊，拿女人出气，咱俩练练。"焕焕很轻，我把他拎起来，扔在铁床上。焕焕躺着不动。

"爱的方式多啦，你懂个茄子。你问她，看她满意不满意。"

小陈说："在男人都变成耗子的时代，能打女人的男人就是好汉。"

小陈给我们弄饭。我和焕焕躺铁床上吹牛扯淡。我问焕焕："这样子是否很无聊？"

焕焕说："超现实主义就讲究这个，讲究随意性。"

我不吭声。

焕焕说:"那个疯老头最多活三天,三天里头能干什么?"

"能美美地睡一觉。"

"你真这么想。"

"三年咱都玩过去了,三天算个屁。"

"你看过海明威的《丧钟为谁而鸣》?"

"有些书还是真诚的。"

焕焕声音很轻,小陈要是享受一下这种气氛会怎么样?

"你在听没有?"

"我听呢,你放吧。"

"《丧钟为谁而鸣》只写了七十二小时的故事,那疯老头还有七十二小时。"

"三天能干什么?"

"老头不是疯子。人的思维是网络状的,正常人不可能突破网络的隔离。老头的网络散了。"

"你很羡慕是不是?"

"我不是羡慕疯子,我羡慕那种状态。他已经进入意识的潜层,进入超现实的状态。布勒东和艾吕雅就在这种状态下写作。这种状态很短暂,不会超过三天。疯老头的三天,太重要了,我刚到乌鲁木齐,就从人们陌生的眼神里看到一个老头的倒影,我没多想,以为是幻觉。后来,在字行里又看到这个影子,我的笔不由自主地追逐他,就像在月亮地里追自己的影子,根本追不上。你知道我为什么感到吃惊吗?"

"我不知道,我再也不会有好奇心了。"

"我还是要给你说。我最多活三天,嗳,你吃惊了吧?你别急,听我说么。那个疯老头就是我本人,他的死期就是我的死期。"

"我们可以对全世界胡扯淡,对死可不能这样。那是老人们的事情,我们不该死。"

"你小子还怕死?其实你早就死了。你在宝鸡挨了一家伙,跟死有什么两样?男人的毁灭跟女人一样,一瞬间就够了。咯铮,破一道口子,你不再是你了。女人的破坏者很具体,男人破坏她们。我们的破坏者是个巨大的存在。"

"巨大的存在,漫无边际。"

我不想谈别的,却被他黏住了。焕焕什么都知道。

小陈早把饭摆桌上了。小陈坐沙发上听好半天,女人听这种谈话简直是受罪,我们围桌子边开始吃饭。

我说:"小陈你别当真,我们是胡扯淡。"

小陈笑,笑得很安静,她丈夫是好人,是头儿中难得的好人,好人不该戴绿帽子。

"你难以理解是吗?"焕焕笑起来,用筷子敲我脑袋。"她是我的艺术品,又是丈夫宠爱的乖宝宝,她非常非常幸福。"

小陈说:"我一半在天空,一半在地下,我不知道哪边是真的。"

我说:"人是降落在地上的上帝,他最终怀念的还是天空。"

焕焕说:"就像李丽辉和小卫,她俩各拿你的一半,中间夹一层绝缘体。"

我说:"你他妈真透彻,绝缘体,那种事最忌讳绝缘体。"

我一直把小卫和李丽辉搁不到一块儿。能爱一个女人的男人绝不会爱两个女人。

"你咋啦?"小陈碰我一下。

我说:"上帝没有粮食,要拿我作最后的晚餐。"

小陈望着焕焕说:"你们俩可真绝了,一堆烂石头,也不怕败坏上帝的胃口。"

后来,小陈的胖丈夫轻而易举打败了焕焕,说轻而易举,是因为胖丈夫根本就没有觉察,在无意中就把焕焕打个落花流水。

这当然是以后的事情。

以后的事情多了。上帝绝不允许我和小卫干好事,我们欢喜不到一块儿去。

我们定好幽会的时间和地点,临行前我还喝了点甜酒。

我走到红山下,远远看见大十字那边开来一辆黑色小轿车。车子在十字口停下,车窗里伸出一只手叫我。我走过去,是张记者。他不知道我去会他未婚妻。他问我好,从包里抽出一本杂志,说上边有他的文章,请我雅正。黄教授也在车里,向我频频点头。这小子结识的尽是名流。我靠着栏杆,把文章粗粗翻一遍。

我走进提前订好的旅馆,那是小卫搞的单间。我进去发现她不在,桌上留张条子,她上街买东西去了。房间很阔气,有地毯有电视有卫生间。我不想看那篇狗屁文章。我等小卫。

死亡已经来临。这个瞬间确实重要，我的生命暗示我：让我亮一下让我闪光，不要错过机会。我知道，过了这一刻，生命将黯然失色。

这瞬间过去很久，我才回过味来，这味很苦，我没这种机会了。我给你说，我写这篇狗屁小说就为的这个，我祈祷命运，让这个瞬间重现，这样我才能死而复生。后来，我在东戈壁死里逃生，就因为这个瞬间在等我。

李丽辉知道这个，并且知道结局。当我落到伊敏的结局时，她哭了，她说她知道。她说伊敏早死了，刚进监狱就死了，经理稍微伸一下胳膊，就把高压电接到监狱了。伊敏家里接到一份死亡通知书。她说我在宝鸡时伊敏就死了，她一直不相信这个死亡，压根儿就不承认，她生命中有伊敏，生活中就一定得有。她一直这么想，直到我站在她身后，站了两分钟，她才确定是真的。

她说伊敏对她的怀疑一半是对的。经理亲她嘴把她亲晕了，她抓经理的蛋经理才松手，可她心还是咚咚跳了一整天。她说这话时，我想起刚发动起的手扶拖拉机，她发现司机不是伊敏，赶紧灭火。我说：你不懂嫉妒心理学。我说这句话时底气不足，我刚逃出宝鸡，又碰到一个经理，跟小卫的经理一球货的经理。我担心我是否被这个王八蛋瞄上了。死亡很真实，不能抱侥幸心理。

我淌了点虚汗。

李丽辉说这点很重要，我跟小卫在宝鸡时没有睡觉，是个严重失误。我的失误以至于使他们经理乘虚而入，或者是我在矿区所见所闻的下流意识，先我而进入她的身体。于是，我来到天山脚下，惊魂未定，又见到我亲爱的小卫。我的小卫领着她的男朋友，她男朋友是个杰出人物。眼下我正在落魄，她不可能跟我幽会，我不相信这个房子。实物与事实有时也会虚假，令人难以忍受。

小卫来了。我难以忍受走廊里的脚步声。

死鱼的脊背一定跟走廊的地板一样光滑坚硬。锁子跳一下，像只铁鸟。我仍然不相信我的小卫能跟我幽会。可她还是来了，给高脚杯倒上红葡萄酒，从塑料袋里取出凉菜，拉上窗帘，这样，旅馆就成家了。

干掉一瓶，我有了兴致，想再开一瓶。小卫说："别动，就喝一瓶。"她像个女神，她想叫我注意她。我拎起空酒瓶，对准鼻孔呼吸，我从瓶子里看她。她有点受不住，她快成一团火了。这丁点儿酒，也能让我燃烧起来，真他妈见鬼。我想喝钢豆儿似的白酒。小卫劈手夺过空酒瓶，瓶子滚几圈竟没碎。我扛起小卫，奔上席梦思床。

我还真有点激动。干这事不会不激动。我放心了。我老担心老二不听指挥，临阵落荒。小卫特别地激动，老想跳起来。我发现不对劲，床单红一片，像日本国旗。

我坐床头抽烟。刚才那一瞬间我什么都没有。很久以前我梦想过，第一次跟老婆睡觉时怎样抒发感情，设计许多方案，再补充修改。我吞一团烟，难受得要死。我躺着不动，小卫拥抱着我，我很快就睡了。

十五

李丽辉在红山下等我。她想说两句宽心的话，我推她一把，走过大街，风阴森森，和平渠在脚下暴跳如雷。李丽辉跟过来，她热烘烘的身子俯上我的后背，过路的人看电影啦，看我们这对神经病。

我说："我惹你生气啦。"

她"嗯"一声，紧挨着我。乌鲁木齐的林带真多，风只能耐住性子慢慢穿过。

李丽辉说："小卫喜欢你，别胡思乱想啦。"

"你是说，她知道我是咋回事啦。"

"是女的都知道这是咋回事，特别是第一次。女的能跟她所不爱的人睡一百年，能跟她真心相爱的人一回都不睡。就这么简单，你别胡思乱想了。"

"我不想折磨她。"

"人折磨人才有爱，傻瓜。"

女人是什么呢？我干不成这事。她们却激动得要命，这都是一种徒然。

我说："你找我亏了。"

李丽辉不吭声。往渠里丢石块，褐红的小石块像跳水运动员，咚一声没有浪花。

我说："找啥人不行，找我们这些二球。"

我说："起码该找个健康人。"

李丽辉说："你病啦，咱们去医院。"

我说："你别打哈哈，你知道我是咋回事，知道这种倒霉事比癌比艾滋病更可怕，你瞎凑合啥？"

地上的石块全跳水了，李丽辉把手伸进去，水浪哗地蹿上胳膊。她看见我像听音乐一样听水浪声，她把水淋上天空，水珠滴滴答答像发报机。

我说："你真是个妖怪。"

她变本加厉弄水的滴答声。这声音很有诱惑力。上学时，晚上听着水房的水龙头漏水，做梦就流那玩意儿。

"我想校正你。想校正你的不光是我，还有你的小卫。"

她们干吗表现出前所未有的关怀呢？我真的那么糟吗？我只感到我糟透了，没想让它变为现实，可一刹那间就这么肯定下来。

李丽辉把我领进医院。她说我有病，我说我说过吗？她不理我，去窗口挂号，我跟她走，我得想想怎么对付医生。女医生漂亮得令人颤抖。我瞥一眼李丽辉，漂亮医生压根儿不理我，抓起我的胳膊量血压，量体温，在单子上唰唰写几下递给李丽辉。在走廊里，李丽辉脸上正儿八经。我知道糟了。

她说："我想给你点难堪，没想到你真倒霉了。你是低烧，顶要命的。"

我说："我晕晕乎乎惯了，总以为是地震。"

"要住院观察几天。"

我不怕，我对自己早没辙啦。我面对的是一个女人，跟我有过那种关系的女人。我得想个法子。

李丽辉说:"我去化缘,你下午住院。"

我说:"相信医生的话,全世界人都死光了。我不是那回事,给你直说吧,我这人心胸不够宽广,受点小刺激就以为发生星球大战了。"

"你嘴上说得这么轻松。"

"医院里最权威的房子是太平间,我不想这么早就睡进去。"

我看窗外,乌鲁木齐任何一个地方都能看到妖魔山,这座山,无论什么时候都阴沉着脸。太平间在医院的最后一排,屋后的葵花地金光四射,美丽的沃野与清新的空气沐浴着死亡。人和人不一样,有些人离它很远,而有些人刚露头就碰上了。其实,上帝是掷骰子的好手。我非被赶进这个黑房子不可。

我说:"你知道死囚临刑前都在干啥?"

李丽辉看我。

我说:"从古到今有一条不成文的规矩,死囚临刑前的愿望要尽可能去满足,要供最好的酒菜为他们饯行。他们还要唱街,要尽兴地呐喊。"

李丽辉说:"人到这份儿上,世界也就不容他们了。你是说你是这样的人。我想起来了,你以前是记者,写过一篇文章,这跟你继续活下去有什么关系?"

"我可以活一百年,只是条件太苛刻了。"

我忽然悟出了什么,我说:"到明年,伊敏出狱那天,你就知道了。"

李丽辉说:"我相信我的伊敏已经完完整整地出来了。"

李丽辉是望着天空说这句话的。我们两人都以为伊敏活着,这种心理相当微妙。

李丽辉说:"你真把我当作死囚临刑前的美味佳肴了。"

我说:"老天爷叫你干什么由不得你自己。"我吞她一口,说:"味儿不错,老天爷不骗人。"

李丽辉说:"那我成罪人了,我毁了两个男人。"

我说:"不干你事。这是我们男人的事情。"

李丽辉说:"自从认识你,就没安宁过。"

这一回刻骨铭心,李丽辉给我们找一个窝。那是一节废车厢,外壳破烂不堪,油渍斑斑,像打坏了的装甲车。里边简直是新房。她和另一个女孩住,那女孩跑生意去了。李丽辉的铁床干净得叫人不好意思落身,李丽辉推我一把,我跌落床上。床单香喷喷的。李丽辉挨我躺下。

我说:"以前真是委屈你了。"

我心跳一下,抓她的手,她说:"我可以陪你到草原到戈壁滩上去欢喜,你信不信?在房子里不能太多,太多顶没意思。"

这一回刻骨铭心。李丽辉说:"我不怕了,有了今天你就不会忘记我。"

我抽烟,嗓子干疼,李丽辉给我一杯水,我灌下去。

我说:"你怕不怕?"

"怕谁?"

"怕我。"

"现在不怕，以后想起来肯定害怕得要命。"

等我们领略了死亡的全部内涵以后，水、光和声音就会脱落，面孔就会发青，成为真正的僵尸。我根本没有选择的余地，选择这个词是一服中药，是给困顿中的妄想者熬汤喝的。

"我只想把矿工们的问题弄清楚，我不想找头儿们的麻烦。"

"反映问题本身就是找头儿们的麻烦。问题都是头儿给下属准备的，你把它挪到头儿们身上，有点火药味儿。工人们好解决，你就不同了。你离开宝鸡，势在必行。他们以为便宜了你小子，他们压根儿想不到已经把你伤了。"

"他们治我一顿，我反而轻松。"

"他们可不想把你治成英雄，让竖子成名。他们是故意让你跑的，要抓你你还能出宝鸡？你把头儿想简单了么，头儿们办法多了。虚虚实实，真真假假，给你用的是假招。假招是伤内的。"

"你今天咋这么聪明？说得我好舒服。"

"我陪你睡觉，还要给你当医生，解闷儿。"

她给我弄吃的。她打开煤气灶，羊肉在炒瓢里滋儿滋儿叫，接着是大蒜是芹菜是筷头粗的拉面。我吃得满头大汗，我吃掉一大盘。

我躺小铁床上抽烟。李丽辉扒下我的皮鞋和臭袜子，用热毛巾捂我的脸，用另一条擦我的脚。我翻过身。她用被子捂住我，露出别着香烟的脑袋。她在我枕边放一个小纸盒，我往里磕烟灰。我美美地抽掉三根烟，肚里的羊肉好像又活了，咩咩叫，我开始打哈欠。李丽辉在外边的水龙头下洗衣服，红塑料盆溢出肥壮的泡沫。

十六

进校门时,赵老头说有个姑娘找我。

"漂亮得很。"老头笑嘻嘻,我知道是小卫。

我进房子,弄杯开水,太烫。我有点怕见她。我做几下深呼吸。

有人敲门,我过去打开,是小卫。她靠着门粗粗地出气。

"我当你被人劫持了。"

我给她弄一杯开水,她噗噗吹着喝下去半杯,脸发红,脱掉外套,米黄色毛衣罩着她,她很苗条。

小卫说:"你的文章很受专家的欢迎。"

"新疆大学那些教授?"

"他们咋弄到我文章的?我倒是看过教授的论文。"

"小张有你的文章原稿,跟那篇论文一块带去了。他们想请你参加他们的协会。"

我点根烟抽起来。

小卫说:"你到这儿来就不再动笔了,你在宝鸡常常写通宵。你跟我回宝鸡吧,你在这儿能干什么呢,苦思冥想发些奇谈怪论?"

"我没劲儿了,到哪儿去都一样。你不是看武侠小说么,真气一散再厉害的角色也难复生。我能活下来已经不错了,你干吗鼓励我。"

"是你让我鼓励你的。"

我想了想，是这么回事。在宝鸡时我说过这种话，那时我们俩好得不能再好了，就顺便说让她管住我。我太懒散，志向远大，要当法拉奇，要当许多许多美好的角色。她就干劲十足地鼓励我。情人的鼓励是货真价实的鼓励，那时我当真过了几天好日子。我的诗和小说频频发表，地区小报似乎容不下我了。同事们侧目，领导重点培养，我成为一号种子选手。我和小卫洋洋得意。我们忘了古训中的福祸转化原理，我们忽略了命运突发性事变的作用。

小卫说："我没让你跳楼。我让你当大记者，当无冕之王。"

我不吭声。

小卫说："你给我讲过乡下的故事，农民为了让庄稼长得快，把高秆和低秆种在一起，低的赶高的长得欢实。"

我说："张记者是高庄稼，我是低庄稼。我原先想赶上他，现在我塌窝啦。你见过夭折的庄稼没有，它们只长个儿不结籽，我弄不出几盘菜啦。我是上不了席面的狗肉，你觉得好吃，我可不想丢脸。"

小卫说："你咋这么想？"

我说："只能这么想，没其他更好的法子。"

"那我可真把你给害了，我不该弄个张记者来。"

"张记者是根不错的钓竿，可我是一条死鱼。我张不开嘴，饵再香我也吃不到口。"

"我和张记者只是名分上的关系，我们之间什么事都没有。"

"有点什么也没啥，毕竟有个名分在么。"

小卫瞪我，瞪出一大泡泪水。我笑嘻嘻摇她肩膀。我说："别生气了，我相信你。你真和他有点什么，就不会把他挂在嘴上了，女娃娃都喜欢把珍贵的东西藏起来。你藏起来的明明是我么，我高兴坏了。"

"你坏到家了，你以前不是这样子的。"

"你怎么老希望我回到以前那种样子。像个傻瓜，头儿总想上来发泄一通，你怎么希望我这样子啊。"

"你真愿意这么懒散下去，当一辈子孩子王？"

"能这么过下去已经不错啦，你干吗要把我打发到阴间去呢。"

我的笔筒里全是烟，小卫把烟扒出来，里边没一根笔。我把英雄牌钢笔早折两半扔了，我现在是教师。我只有两支蘸水笔，分别插在红蓝墨水瓶里。小卫没找到笔，很失望。

我说："笔是好东西，真气已散，那东西就不好玩了。"

小卫翻我的破床，枕头底下压着几双臭袜子。

我说："别找了，没稿件。你把我当曹雪芹了，枯灯寒舍殷殷声，那是大清朝的事。以后不会再有了。你以为我能写出名著？"

小卫流下泪来："我一直想你能成功。你很有才气。肯用功。刚才我在楼梯里听见你唰唰的写字声。"

我说："像春蚕吞吃桑叶。"

小卫瞪我。我真不该挖苦她，这会儿我也挺难受。我给她说过我要当海明威的，当时全中国与文学沾边的阳性男人都这么说。我说我已买好了诺贝尔文学奖的门票，只等着颁奖仪式开幕呢。那时，小卫被我灌得晕头转向，向她提任何要求都不显得过分，包括男性的终极目标——睡觉。当然，我现在可以跟她马上睡，关键是当时她把我看成有志青年。这年头，有志的没几个，有钱的倒不少。所以，她是个挺不俗气的姑娘，惹她生气真是造孽。

她说："我一定要挽救你，像从前那样。"

我说："我成不了气候。"

小卫说："我不要你成什么狗屁气候了，我不要你当什么鸟海明威，你跟我好好过日子吧。"

"把张记者往哪儿摆？"

"等你赶上他那一天，他滚蛋。我们俩合起来赶他走，还怕他耍赖？"

"我是废人，你要我有什么用？"

小卫用奇怪的眼光打量我："男人抛弃女人最聪明的一招就是这个，你还有什么鬼花招？"

我说："你别指望我拿起笔作刀枪，我真不行了。"

"你没鸡巴我也要。"

一个人成了朽木还有人盼你发芽。

我们亲热一番。下楼时我们靠在一起。我送她上公共汽车，天已经黑了。

十七

天黑了一阵，渐渐发白，月亮飘上天空。月亮是红的，非常鲜亮。树枝如同铜棒，在风中轻轻摇晃，夜的黑影垂落地面。这阵子我不想待房子里。我到大十字找焕焕，他果然挂在栏杆上。他看见我，说："疯老头死了。"

"我知道他活不长，但至少应该活过秋天。"

"老头没处安身。火葬场不要，墓地也不要，他们家都急疯了。"

"给他们钱么。"

"不是钱的事情。这一片都知道老头吃石头，老头的行为怪诞而且超前，老头在下意识里把大家给得罪了。"

焕焕说："世界上唯有死人值得我们信赖。"

我们到疯老头家里。楼上的人不相信疯老头有朋友，我和焕焕反复声明，我们跟老头是忘年交。我们的黑纱很忠诚。我们安慰疯老头的儿子。这儿子四十多岁，丧父的哀痛把他弄糊涂了，像个木头人。两个中学生孙子还算灵巧，给我们沏茶，帮妈妈做饭。女主人更是憔悴。一家人仿佛全盛进了棺材，死亡的渗透力很大。特别是这样一个死者，众人恨之入骨的死者。

我到厨房告诉他们：我们只表达哀痛，不准备吃饭。女主人惊慌失措："不吃饭？不吃饭怎么行。"

中学生孙子说："我们家今天第一次来客人致哀。"

我们退回客厅，再拒绝就显得不近情理了。

焕焕说："老人棺木停在哪里？我们面对他致哀才行。老人家虽不是伟人，可死是平等的。"

男主人说："一时半会儿运不走，停在地下室里。"

我们跟男主人下楼，进地下室，霉味儿冷飕飕。

焕焕说："跟我一样，也住地下室。怪不得老人家跟我们有缘分。"

　　笨拙的黑漆棺木，大头朝外，像伟人的专列，只是没有窗口。棺木上绘有古戏文的插画。男主人说："柏木的，做好五年了，一年刷一遍。"

　　我摸一下，漆得很厚很光。我说："你算尽到心了，柏木不好弄呢。柏木吉祥，能荫庇后代。"

　　男主人说："老人家一辈子受罪，没过几天好日子。"

　　我说："老人活过七十三，是喜丧么。"

　　男主人说："亲朋好友能躲的都躲开了，二位素昧平生，我们全家忘不了的。"

　　我和焕焕放开肚子吃，那副贪婪相把那家人给打动了，他们也开始大嚼大咽。肚皮一直荒着呢。撤席后，男主人陪我们喝茶聊天。

　　"父亲命运坎坷，跟他一起来新疆的都死光了。他拼着命活下来，全是为了我们。"

　　老头以前是内地大学的教授，出事后被弄到新疆劳改农场。他是学英国文学专业的，书全被没收了，他只留一本《英汉大辞典》。刑事犯嘲笑他，更容不下那本辞典。书是一种象征，必须把可恶的单词从脑子里抠出来。

　　"有一个家伙是父亲的同学，他给大家讲故事，讲他怎样治老鼠。他先抓一只活的，把玉米豆塞进老鼠屁股眼，用针缝死，再放回洞里。老鼠拉不出屎，就憋疯了，咬死同伴直到自己被憋死。这家伙讲到得意处，高声大叫：啥叫本事？本事就是一泡屎，不拉出来就憋死你。父亲用被子捂住头。第二天早晨,他们揭开父亲的被子哄然大笑,说这是典型的闭合回路。知识在这种场合把他给害了,他明白了这样一个可怕的事实:人呼吸的不是空气是屁。父亲在人们的狂呼乱叫中,用棒子抽自己的脑袋,把自己敲晕了。父亲成了精神病。我不让儿子考大学,看见书就想到父亲的不幸。"

焕焕说了我们的打算,男主人不大相信。我开始怀疑这件事的真实性,他怎么能把父亲的棺木交给我们,由我们运到大漠深处去呢?我们起身告辞。快出楼时,男主人追出来说:"容我考虑考虑,三天后回话。"

十八

张记者等我,我们坐小车去新疆大学。研讨会是自愿性质,很随意。地点在黄教授的教研室。除我和张记者外,都是六十多岁的老头子。印象较深的有两篇文章:《司马迁:秘书之父,文学之父,历史之父》《宦官的象征意义》。老头们从自身的经历来探讨,并不冲淡深刻的思辨性。

黄教授让我作总结性发言。我说:"我不是学者,我是搞创作的。那是好多年前的事情了,其实我什么都不是。读了几本书而已。诸位的发言对我刺激很大。我想起两件东西:一是陀思妥耶夫斯基《地下室手记》中的地下室,一是宦官受刑后养伤的地方蚕室。这两种东西本质上是一回事,指的是地底下,是另一个世界。

它象征着人的下意识和现实背后的真实世界。用文学性的描述来结束我们的研讨会,既形象又深刻,一切哲理的表象都是感性的。"

大家鼓掌。老头们鼓励我拿起笔,他们说:"人生值得一写。"

我心里说:"我都过不下去了,写个鸟。"

张记者用车子送我,他老不说话。我想他是为小卫的事情,我感到内疚。

我说:"你生气了?"

"没有的事,你要说的我知道。我们都是记者。你不干记者,可你的思维方式是记者不是教师。你真成为教师,我就不理你了,小卫也不会再理你。保持这点对你很重要。我就佩服你这点,你一直保持着。"

"那是你的错觉。你发现没有,我今天的发言特别尖刻。"

张记者回头看我,我给他嘴上别一支烟。他跟小卫一样可爱,小卫真是个迷人的女人。

我说:"那是我的内心独白。你发现没有,我早不坚持了,你让我坚持什么?我的躯体欺骗了我的灵魂。我一点办法都没有。唯一能证明我存在的方式就是上嘴唇碰下嘴唇,发出一些刺耳的声音。我真羡慕你。我那时就想争取当个大报记者。"

我靠近他,小声说:"要命的是把那玩意儿也弄失灵啦。"

"你再说一遍。"

对陌生人我一贯正经,对挚交我才说下流话。我把那句话重说一遍,张记者反而打我一个耳光。我用皮包砸他,他头一偏,眼镜打飞了。车子停住,张记者要跟我去林带里练练。嘴里咸乎乎的,我吐出一团血块，像咀嚼不烂的生牛肉，我说："算了吧，非要拼个鱼死网破？"

张记者连揍我几下。我的脑袋像面鼓，发出动听的嗡鸣，我感觉好极了。他发现了。

"想借我的拳头解闷儿，你这下流东西。"

他把痰吐我脸上，我用手扒下来在手指上搓。"跟精液一样又光又滑。"

月亮就是宇宙间的大美人，第一个苏联人和第一个美国人摸上去的时候，心情跟我现在差不多。

张记者盯着我，他再坚持一下我就软了，他不知道这一点，转身进车，车子呜儿一声，好像他哭了。

十九

睡了一会儿，天大亮，我去上课。吃过饭，抄稿子抄到下午。然后我乘车去新疆大学。黄教授是学报编委，对稿子很满意。"让主编看一下，发下期问题不大。"黄教授弄杯热茶，我喝一阵，感觉很好。我跟黄教授走出编辑部，到教学楼他自己的办公室。他是中文系主任。

我说："这儿环境不错。"

黄教授说："没有宽敞的房子我什么也干不成。在团场的大草滩上待了几十年，那里的空气好极了，我不想回上海，这里有自己的空间。"

窗户全开着，窗外一群雪松，再远处是一片白杨树。白杨树林里埋着黄色的俄式小楼，格调清雅。

黄教授说："你的文章有股杀气，这点很好。那天研讨会上宣读的两篇文章，都是老头子们年轻时的作品，是在戈壁滩修路时写的。写在法家著作的边页空白处。他们上了年纪，思维可能更睿智，那种凌厉的杀气却没有了。"

"你对我的鼓励没有意义。"

那部手稿是我刚到新疆时写的，那时我三寸气尚在，去南山牧场，我第一次见识了哈萨克人的骏马，回乌鲁木齐后我心血来潮，找到历代画家的骏马图，竟然发现画面上全是温顺的骡子，一气之下就写了这么一篇文章。我翻出来无非想证明一个生命的回光返照。

我说："去年我大学毕业，小报的主编点名要我，把我当骏马牵出校园，我刚一尥蹶子，他就飞快地来一刀。我成了骡子，张记者不想善罢甘休，要我当法拉奇，我连裤子都提不起。我的朋友焕焕从不鼓励我，可我喜欢他的小说。我的朋友赵以疾总是嫉妒我，我总是领走他喜欢的女孩。我们主任总是臭我，我总是把课讲得好好的。"

我说："教授，你别指望在我身上找到我。你在焕焕的小说里找，你在赵以疾的愿望里找，你在我们主任的下意识里找。"

教授说："你出现在我们中间有什么不好？"

二十

我在红山下碰上赵以疾,老赵面有难色,瘦了许多。

我说:"多日不见你瘦多啦,恭喜你呀。"

老赵说:"你咋这么费劲。"

老赵朝商场门口看,我从橱窗里看见那个女孩,不漂亮但很忧郁。老赵拍我一下:"你这回可要够朋友。"

"我不当小人,你放心。这丫头不错,你是不是儿子娃娃就看这一回了。"

我本想告诉他疯老头的事,话到嘴边又咽下去。我对他不怎么放心。死会吓坏他的。他快到商场门口了,那小女孩望着他。死对他是可怕的,他不可能想这问题。我转身看大街,这座城市像玻璃柜里的鱼,我默默地看着。我那么冰凉。

我从东戈壁回来后,老赵跟小女孩分手了。小女孩死得很惨。我原以为把疯老头埋在东戈壁,算是埋掉所有的死亡。但死亡像葫芦,从这儿压上去,从别处浮上来。

焕焕说他有时候想吊在栏杆上不下来。我说你硬在上边,别人会把你搬到火葬场,把你烧成烟放进蓝天。焕焕说你要够朋友就把我送到东戈壁,不要埋我,过路的西伯利亚狼会把我带到苏武牧羊的地方。

"你干吗对自己这么残酷?"

"残酷是冬天的事情。贝加尔湖以后就是北极荒原了,人的思想不会超过那地方。"

冬天刚到的时候,我们把焕焕送到东戈壁。他已经不能说话了,照他的意愿,在他咽气之前车子一直不停,飞驰的车轮象征焕焕的思想,他向荒原深处飞驰,直到看不见我们。

我们一直想,焕焕能挨过冬天。那天,我们和小陈去喝酒。小陈说她想要孩子,我们看焕焕,焕焕脸色发青。焕焕那玩意很管用。我把焕焕喊出来,扇他耳光,我累了,他说:"她怎么养活孩子?她和我的孩子她丈夫能容忍?"

"你他妈忘了,这帮子朋友呢,我呢,我呢!"

小陈怀上丈夫的娃娃,母性的力量苏醒了,焕焕这才发现问题的严重性,跟小陈分手只是时间问题。

焕焕对我说:"我死前不想让她离开。"

我说:"有她的心就够了,你又不是皇上,皇上也不一定占有女人的心。"

焕焕说:"我的肺快烂光了。"

我按住他的肺部,这时有个女人就好了。我给他讲济慈讲卡夫卡讲爱伦·坡。

焕焕说:"你净说屁话,你讲这些生前寂寞身后出名的故事有什么用呢?够朋友就赶快送我到东戈壁,我要做那里的石头。"

焕焕活不长,我比他本人知道得更早。我是从小陈的情绪中感觉到的。我和小陈去医院给焕焕弄药,过妇产科时,小陈在走廊里来回走几圈。过来一辆婴儿车,小陈紧跟着,在产房门前被护士挡住。小陈在娃娃们的哭叫中瑟瑟发抖。我忽然想到小陈没有孩子。

当时没想到焕焕，焕焕算什么呢？我觉得焕焕很徒劳，所有跟别人老婆睡觉的人都很徒劳。这种爱有点像唯心主义，是一朵绚丽的不结果的花。

我心里很烦。我说："咱们走吧，这里味儿不好。"

小陈侧着头在空气里找什么，我说："咱们走吧，焕焕等着用药呢。"

小陈说："我不想坐车，我们走回去。"

我们走得很慢。

"明年三十岁，"小陈说，"刚结婚时我想要娃娃，丈夫不要，等他想要的时候我没兴趣了。"

"现在不是有兴趣了？现在要不晚么。"

"我不想要他的孩子。"

我望她一眼，女人玩起胆量来简直是无法无天。

她说："真正的结合并不都是在新婚之夜，我结婚快十年了，我的爱是三年前开始的。那时我才觉得我是个女人，我才开始生活。那天就像我的生日。"

"你的生日？！"

我惴惴不安。我想起在宝鸡，我挨的那一闷棍，那也该是我的生日。那一天把我彻底地改变了，我竟全然不知。

小陈说："叫生日不好吗？"

"好，好。"

"你想什么呢？紧张成这样子。"

"你的生日那样美好，我们的生日都黯然失色了，我能不难受吗？"

　　小陈矜持地笑笑。她打算要怀焕焕的孩子了。我当时只想到这里，我压根儿不知道，小陈这美好的念头里就已经开始了焕焕的死亡。

　　小陈说："女人都想给心爱的男人生个娃娃，我想保住他的骨肉，我知道他活不长。"

　　我鼓励焕焕，我说小陈能跟十二月党人的老婆媲美，为了爱情她能跟丈夫离婚。

　　焕焕说："我对自己都讨厌得不行，我还能让自己弄出个儿子，改变改变自己的生命状态？你能相信明天的太阳比今天的圆？"

　　小陈怀孕，很寂寞。我们常去看她。她泡在星河音响里，说是搞胎教。焕焕买了一套《格林童话》。我们进去时屋里没放胎教音乐，小陈坐阳台上翻看流行小说，都是琼瑶亦舒的转手货。

　　"这些书太轻松了，我丈夫读得有滋有味，他对这个作者崇拜得要命。"小陈指指书柜。

　　焕焕很烦，没人惹他。

　　我说："雪米莉是女作家，你不吃醋？"

　　"他那熊样，女作家能看上他？"

　　焕焕不理我们，他看书柜里的书，雪米莉的有十几本。焕焕用手摸书的封面，爱屋及乌。焕焕从来不看这类书。小陈的丈夫有两个书柜，客厅的书柜里全是世界名著，是给别人看的，卧室书柜是私书。脸在客厅，心在卧室。

小陈说:"我和雪米莉的书是他全部的私生活。你没看见他把雪米莉跟我摆在一起吗?"

　　"以前咋没见过?"

　　"以前跟分居差不多,你怎么啦?"

　　"雪米莉是我的熟人,我没想到你们两口子崇拜她。"

　　"我们合铺了,你是雪米莉的熟人,太好了。"

　　"我跟她很熟。"

　　焕焕认识不少作家。他从不把情人给那些人介绍,作家们的精子很放肆,焕焕不放心他们。焕焕信任我,是因为我在这上边吃过苦头。

　　我说:"焕焕的作家朋友跟你丈夫的下属一样多,最有权势的男人和最有才华的男人都爱你。你是全世界最幸福的女人。"

　　下午,小陈打电话,她在博格达宾馆请客。焕焕也在那儿,焕焕跟小陈的丈夫谈得火热。我推开茶色玻璃门,小陈朝我点头。

　　小陈说:"你喜欢什么菜?点吧。"

　　我说:"甲鱼。"

　　服务员转身走开。

　　我说:"你丈夫不是讨厌焕焕么?"

　　小陈说:"他崇拜雪米莉,当然对雪米莉的朋友刮目相看喽。"

　　吃饭时,焕焕踢我一脚,我的小腿冒出一块青痕。他就有这功夫,他把小陈的丈夫变成乌龟,乌龟最终成了他朋友。

　　后来在东戈壁,焕焕说他就是雪米莉。我正抽一根烟,我把烟丢了,张张嘴想说话,只打出一个呵欠。

焕焕说:"编辑看中小说里的一条线索,给我暗示:路在这儿。我试一下,那篇脱胎换骨的小说就发表了。我不可能用真名,我用化名雪米莉。我写了许多,都发表了。"

我们经过一片大草原,我们知道中亚腹地的草丛里有大麻,我们凭着对植物的感觉,很快找到了它。我们用手拔,拔好多。晒干揉细,像卷莫合烟一样用两张小纸片一捻,就抽上了。

焕焕说:"我给第一篇小说脱胎换骨………"我没有出声,大麻把我弄醉了,焕焕说:"我晚上睡不着,老是上厕所。我担心写不出真家伙。我写双份。先写真家伙,通用邪法子改成黄的,用化名发表。真家伙压在箱底下。箱子填满了,箱子像皇上的后宫,寂寞难忍。"

我说你知道菜户吗?

焕焕瞪我。我给他嘴巴插上大麻烟,我说:"你这做派不新鲜,巴尔扎克就这么搞过,巴尔扎克成名后概不承认卖淫生涯。你没错,你写一个假的,再弄一个真的。你这做派,过去后宫里的娘娘就这么搞过。她们头上虽然有皇上,心里耐不住寂寞,她们之间互相满足或者在太监当中找相好。她们卖给同伴叫磨镜,卖给太监叫菜户。像你这样儿,既是跟自己磨镜,又是给自己当菜户。"

焕焕瞪着天空,眼睛像爆裂的伤口。

我说:"眼睛飞不上天空,变不成星星,眼睛是个黑洞。"

焕焕说:"我没脸见小陈了。"

他的书全在小陈丈夫那里,社会只承认这些作品。他想把自己弄成假象,假象主宰了他。他的书屋在小陈丈夫那里在那张脸上,可那是一只乌龟，耻辱却由他来承受。

　　我说："小陈读真家伙，她丈夫读假的，连同你本人的传奇故事，你超过卡夫卡。"

　　焕焕说："总有一天她会知道，雪米莉是我，那可就糟透了。"停好一会儿，焕焕说："她是个不错的女人。"

　　我说："这些话可以做你那些狗屁小说的结尾。"

　　焕焕说："小陈发现雪米莉是我会咋样？"

　　"你担心她由此而否定你写的真家伙？你不要为这个担心，女人最善解人意。我们村有个女人，为丈夫守身如玉，丈夫回家的前一天，她受坏人蒙骗被睡了，丈夫不责怪她反而更喜欢她，她心里有丈夫么。"

　　焕焕说："傻瓜才津津有味地回忆痛苦。"

　　我说："男人和女人不一样。我在报社就见过好多失身少女的来信，主任开设新栏目，想方设法让人相信，这些姑娘远比那些处女可爱。这个栏目很成功，许多杰出的小伙子前来抢货，以至于众多的处女们纷纷寄来医院的证明，谈自己被人弄过。"

　　焕焕那些没有发表的小说，是他内心真正的痛苦。我们读它时，就像冰凉的黑夜注入胸口。焕焕用雪米莉的化名，纯粹是出于一种生理需要，一个人不能在地下室住得太久，他总得呼吸。陀思妥耶夫斯基酷嗜赌博，就是铁窗生涯留下的后遗症。

　　后来我知道，这种事情该有多么残酷。我们从东戈壁回来时，赵以疾的故事已经结束了。老赵跟那个丫头订婚不久，丫头告诉他以前失身的事情，丫头要告警察。老赵拐弯抹角弄清楚歹徒是个大人物时，百般阻挠。丫头失望之余，以死了之。死是最可怕的事情。丫头一直把老赵当作一个人物。

我说："裤裆里有一坨肉，就该是个儿子娃娃。"

老赵点头。

我说："血热得烫手就找丫头。"

老赵点头。

我点一颗烟，我忽然想，我那时把采访记录交给头儿并附一份悔过书，我就大大地不同了。老赵比我精明。

老赵说："我就像戈壁上的海市蜃楼，她朝幻景跑过去，就渴死了。伪劣产品到处有，又不是我一个。"

老赵撇撇嘴走开，不再理我。

二十一

我们把葬礼搞得很像一回事。张记者还搞来一辆车。我们从地下室抬出黑色的棺材，周围一片唏嘘声。

车过西大桥时，我们看见小卫和李丽辉，她俩朝我们招手。出了二宫，乌鲁木齐不见了，大石头一块接一块，还有密集的沙子，如同枪林弹雨。死亡的气息就这么强烈！

棺材油光闪亮，像汪洋里的大鱼。老头在里边精神焕发，太阳在他的梦中像狂舞的狮子。老头快要醒来了。

东戈壁有十几万平方公里，我们能活着回来吗？

张记者说:"知道我为什么受小卫骗吗?"

我有点紧张。

他说:"我喜欢让她骗一下。恋爱过的女人就像火灾后的森林,有一种荒凉之美。"

"我们之间没什么,你不要误会。"

"有点什么才有人情味,傻瓜!"

张记者拍我一下,我等着挨揍呢,他又坐下了。

焕焕说:"我们到新疆来就是为找这么一个地方,与死亡会合。"

我们真的跟死亡签了约,千真万确!焕焕把这一切当作封笔之作。生命消失在小说里。

那是梦幻与现实重合的日子。

焕焕睡驾驶室,我和张记者睡棺材两边。

月亮又肥又大,快要把苍穹压扁了。其实它没有这么狠毒,那些轻轻的风和细细的沙子悄悄地过来了,神不知鬼不觉把我们掩埋了。好多天以后,风又把我们吹出来。焕焕和张记者风干成木乃伊,我介乎木乃伊与生命之间。医生折腾个没完,硬是把我整活了,我第一个反应就是怒斥他们的不道德行为:打扰别人的睡眠是犯罪,极大的犯罪!

大家把我当疯子,单位来医生,诊断我是抑郁症,有疯狂的可能。我病休在家。

二十二

我疯了吗？我没有疯，有诗为证。

  眼瞳里跳跃的地平线

  不会更远

  戈壁滩上

  风和阳光击毙时间

  我还没有被历史融化

  在时间的牙床上

  我是一粒沙

  一粒沙的嘶叫

  我曾想过　像麦子

  被捣出醇香

  可你没法想象　铁锹

  怎样铲磨沙石

  总有一天　地平线

  拎着骷髅结成的黑项链

  走向我

  我不遥远

  我就看不见遥远的地平线

眼瞳里蜿蜒而去的

是橡皮般的忍耐

挤压心灵

听吧　石头和心的誓言

忍耐——

忍耐——

忍耐——

等待!

等待!

等待!

没有水的漏斗从古代

就过滤空洞的时间

一双阴郁的眼睛

它看不清时针飞逝的方向

只有石头

雄踞在大地上

二十三

冬天早已来临,却要雪花来证实。我竟然感觉不到冷。他们在背后议论我,冬天疯子不犯病,叫他上课。

我上楼,打开教研室,里边卧满毛茸茸的灰尘。我打开窗户,用书轰打,把它们赶出窗户。主任进来,环视一周很满意。

"最近身体怎么样?"

"冬天来了嘛,跟暖气管一样,挺好。"

"冬天人都会冷静下来,你上课吧。"

我敲敲备课本,主任很满意。

备好课,下楼,我到教务科门前停一下,他们在议论其他事。他们不会再议论我了。当你被纳入正常轨道时,大家会长出一口气,不再理你。

我还是很听话的。

下午上课,讲方苞的《狱中杂记》。有学生问:"矢和屎为什么通假?"

这是个怪问题,怪问题就要怪老师来回答。我对此无所谓。

矢的原意是箭头,流矢便是流弹,人最容易为流弹所伤,也最容易成为众矢之的,被搞成臭狗屎。屎是人体的发射物是人体生物现象的最后一道程序。矢屎音同义近,有假借的条件。

学生边笑边做笔记,我的话还能打动他们真是奇怪。

我到街上,看见西大桥的铁栏杆,上边结着坚冰。焕焕变成了沙子,他不可能在栏杆上吊一辈子。他倒挂在上边的时候,就像栏杆结出的穗儿,很容易跌落,也很容易被车辆行人踩烂。

他的小说还有人在读,在黑夜里借着星光读它,就觉得很有味。我想要告诉你的是,我的朋友焕焕是盗版雪米莉,真正的雪米莉是内地两位男性作家。

我打电话,约疯老头的孙子到咖啡屋。李丽辉以为我找她,我拍拍她的后背，领中学生坐下。她端来咖啡，中学生喝得很地道。

"不耽搁你功课吧？"

"快憋死人了，正想出来呢。"

"天遂人愿，我们找到了你爷爷放羊的地方。"

"你约我来就是说这个？"

"不能说吗？"

"那是给我们家找麻烦，我们不想引人注意。"

"死是一种回忆，不是切断电源划清界限。"

"你们这帮神经病，大家对死犯忌讳，你们却谈得津津有味。你们这帮人真是的，再纠缠我就不客气了。"

中学生摔碎盘子，甩门而去。

李丽辉说："你吃饱了撑的？他不找你事就算你的福气了。"

我掏几块钱放桌上，走出来。中学生三晃两晃不见了。

我穿过大街，乘二路车到火车站。我从广场下来，到铁路局家属区，我可以看见疯老头家的阳台。我走到一排平房跟前，里边出来两个小青年，疯老头的小孙子在后边冷森森看我一眼："朋友，对不起了。"

我转身跑，腿上挨一砖头，我喘得不行，我朝林带奔去，林子里很静，积雪扑扑响。我喘好大一阵。我看见李丽辉朝这儿走来，后边跟着一个小青年。就是用砖头块砸我的那个，他穿黑灯笼裤黑夹克，笑嘻嘻地说："没事没事，误会啦。"我有点瘸。李丽辉说："晚来一会儿他们准会给你放血，他是我邻居。"小青年摸出一盒烟，给我一支，是红梅牌的。他走路老脱不了太空步。我们到李丽辉房子，同屋的丫头正跟她男朋友亲热呢，他们极不情愿地走出车皮小屋。李丽辉对她邻居说："黑狗，他是察子，你实话实说。"

黑狗丢下烟头，额骨上的肉疙瘩突突跳，我递给他一支烟。我给自己点着吸一口，把火柴丢给他。他小声说："察子我都认识，咋没见过你？"李丽辉说："他是安全部的，不管你们。"

黑狗说："我可不是特务哇。"

李丽辉说："他只想了解一下情况。"

这会儿，我抽掉半截烟，小腿酸疼，心里安静多了。

李丽辉说："你跟李华是铁哥们儿，他家的事你肯定知道。"

黑狗说："他的事？他的啥事儿？"

我说："他爷爷的事儿。"

"他爷爷不是平反了么，又成坏人啦？"

我说："他爷爷才华出众，壮志未酬，回乌鲁木齐以后应该一鸣惊人，遗憾的是，他工作不久就遭人诬陷。"

黑狗说："这么说老头不是坏人了。"

我再给他一支烟，他吹两串烟圈，说："老头让经理给蒙了。老头英语特棒，经理让老头给女儿补课。女儿考上北外院，经理跟老头去车站送行。火车刚走，经理就犯病，把老头臭骂一顿。后来丫头不回来啦，经理找老头拼命，逼老头写信叫丫头回来，好像老头是她爸爸。"

我和李丽辉面面相觑。他小声说："经理跟女儿这个了。"

他做一个下流动作。"你们老乡跟她谈恋爱呢。经理百里挑一挑上的。"

他说的是赵以疾。这家伙频频更换女朋友，搞得人眼花缭乱，老出错觉，好像大街上的女人都跟他沾边。

李丽辉说："他最近领一个眼神忧郁的丫头，肯定是经理的千金。"

赵以疾后来告诉我。老头的秘密在丫头身上。我找到她，我不知道她要死。她说她没有父亲。我不懂她的意思，她说她刚找到真正的父亲，他却疯了。她从小没有母亲，她父亲衣冠禽兽，她一直在找真正的父亲。她想远走高飞离开新疆，父亲请来的老头真的使她离开了新疆。我问她："你还回来干什么？"她说找父亲，他是疯子我也要，直到他死。丫头现在的名字叫露珠，老头给她讲过在沙漠里放羊的故事，老头把羊领出草地，走进沙漠，羊就跟来了，羊嚼沙子津津有味，那一瞬间他看见沙粒上挂满露珠，他领着他的羊在沙粒上采摘露珠。那是多么美的老人。我去过放羊的地方，那里的沙子跟小米似的。

去那里的应该是我。我被恶魔毁坏了，把我变成露珠，把我从黑夜领进早晨。

赵以疾丑陋猥琐，她父亲想败她胃口，她偏偏跟老赵谈上了。老赵给她好多诗，那是老赵一生最辉煌的日子，灵感附身，时时刻刻都处于亢奋状态。

老赵告诉我：科长牵的线，他很感动。头儿给你介绍对象说明重视你。第一次见面他就感到惊奇，丫头的眼睛让全世界感到羞愧，石头都会感到自己做错了什么，老赵没想到丫头能看上他，更没意识到他能触动少女的苦难的心灵。丫头有了爱，便告发父亲。事发后，丫头被逐出家门。哥哥姐姐追打她，亲戚朋友诅咒她，未婚夫老赵苦口婆心规劝她。她扳倒的不是一般意义的父亲，是总经理，是一棵大树。

这样的爱情故事发生在赵以疾身上。就像雨水浇在石板上。

我说："你小子稍有点人味，她就能活下来。"

老赵说："生活里边没故事，活在故事里太累。"

二十四

乌鲁木齐还是冬天，黑夜进行到三点钟，我离开房子。

这是不是一种流浪？我走过红山，走过西大桥。街灯像李丽辉的眼睛，像小卫的眼睛，街灯是真正的情人的眼睛！露珠正挂在黑夜亮晶晶的额上……大风从东刮到西，从北刮到南无视黑夜和黎明。

你听说的曙光究竟是什么意思？